現実界の探偵

文学と犯罪

作田啓一

白水社

現実界の探偵——文学と犯罪

装幀＝柳川貴代

現実界の探偵＊目次

序論

本書は文学作品と犯罪の両方をほぼ同じ視角から解読した六編を集めている。文学作品と犯罪とのあいだには一見すると何ら共通するところがない。しかし、この両者は、普通の日常的な営みに比べると現実界とのかかわりが異質的に深い、という点に注目すれば、両者には共通性がある。ここで言う現実界（le réel, the real）とは、J・ラカンが象徴界（le symbolic）、想像界（l'imaginaire）と共に構成するとみなす精神活動の三範域の一つのことである。これらの概念につうじている読者には冒頭から煩わしく感じられるであろうが、続く論議に不可欠なので、これらについてある程度は説明しておかなければならない。

まず想像界から。それは自己と他者とが互いに相手に映ったイメージにもとづいて相互作用する範域である。この相互作用を通して自己と他者とは時には互いに補完し合い、時には敵対し合う。

この相互作用は真空状態の中で生じるのではない。それは社会の中であらかじめ定められている枠組の中で生じる。その枠組とは言語の指示する意味の連鎖のネットワークであり、このネットワークが象徴界にほかならない。原初の混沌は言語によって秩序づけられ、さまざまな事物は名前を与えられることで然るべき位置に収められるに至った。つまり、混沌を蔽う言語のネットワークが、事物の相互連関を生み出したのだ。さらに、事物の中にあって人間にかかわる事物は単に認知的な相互連関に組み込まれるにとどまらず、規範によって拘束される相互連関にもからめとられる。制度の中の役割関係（男や女としての役割、集団の一員としての役割など）に編入された個人は、みずからのそれぞれの役割に寄せられた相手からの、あるいは社会からの期待に応じなければならない。我々がふつう「現実」と呼んでいるのは、このような象徴的秩序に蔽われた想像界（象徴的世界）のことである。

現実界（リアル）という用語はこの「現実」とは別の範域を指す。それは象徴的秩序の網の目から洩れ落ちた残余である。それは原初の混沌と紛らわしいが、しかしそれは、象徴の網の目のふるいをかけられたあとの残余なので、象徴化以前の混沌と同じではない。ところでこのリアルは象徴的世界に襲来することがある。その時リアルは人間主体に、あるいは「不気味なもの」として、あるいは「空虚」として感知される。「不気味なもの」の例としては仮構ではあるが映画のエイリアンがあり、「空虚」の例としてはブラックホールがある。リアルのイメージはこのようなものとして象徴的世界の中に現れるが、それでは、リアルそのものとはいったい何なのだろうか。それは象徴化を免れているので語ることはできないが、強いて語るとすれば根源的なエネルギー、そしてそれが生物に入り込んだ場合の生《なま》の生命（力）のようなものではなかろうかというのが、筆者の仮説である。人間を動かしているのは究極においては生《なま》の生命（力）であるがゆえに、それ自体は対象化されえず、したがってそれ自体についてこれ以上に語ることはできないのではないか、と筆者は考える。象徴的世界の中にあって安全に暮らしているのが人間であり、それゆえに生《なま》の生命（力）が表示される時はそれは必ず危険で怖ろしい何か（「不気味なもの」）としてしか、あるいは「空虚」としてしか現れるほかはないのだろう。これまた筆者の仮説なのだが、生《なま》の生命（力）は活動と休息のリズムを繰り返していて、活動中のそれが「不気味なもの」として現れ、休息中のそれは死に近づいているがゆえに「空虚」として現れるように思われる。

調和やその一つのヴァリアントである美（ただし古典的な）もまたリアルの直接的な現れ方の一つとみなす考え方もあるが、そしてそれもいちおう尤ものようではあるが、しかし厳密に言えばそうではない。「調和や美」はリアルの直接的襲来ではなく、象徴のネットワークを通過して特別の象徴（この象徴はリアルをふるい落とすのではなくリアルを指し示す）をまとったあとのリアルの現れ方であり、したがって、リアルの間接的な現れ方なのである。象徴的秩序なるものはその諸要素が両立し相互に補完しつつ形成されているが、その両立・補完の姿を、ここで現れるリアルも身にまとうこととなる。このようにして象徴的秩序がリアルに反映されたものが、象徴的世界に出てくる「調和や美」にほかならない。

では、表題の「現実界の探偵」とは何か。その説明に入ろう。ドストエフスキーはある手紙の中で、大多数の人が幻想的で例外的と呼んでいるものも、自分にとっては現実の紛れもない本質であることが時にはあります、と書いている。ここで彼が現実の本質と言っているものは、筆者には現実界（リアル）にほかならないように思える。彼はその作品において、作中人物の見た対象の中にリアルが出現する場面をしばしば描いている。その一つは『罪と罰』で殺人を犯したあとのラスコーリニコフがネヴァ河の岸辺を眺めている時に到来するパノラマ幻想である。それは初期の別の小品（『弱気』）の中で季節を夏から冬へ変え次のように語られている。「広漠としたニェヴァの河面《かわも》は見わたすかぎり一面、名残りの夕陽に照り映えて、幾千万とも数知れぬ針のような霜の火花を散らしていた。〔中略〕ひきしまった空気はほんのわずかな物音にもふるえ、河岸通りの両側に立ち並んだ屋根という屋根からは、まるで巨人のような煙の柱が立ち昇り、途中で互いにもつれあったり解けたりしながら、冷たい空を上へ上へと昇って行く。そこでそれを見ていると、まるで新しい建物が古い建物の上に浮かび上がり、新しい町が空中に形づくられてゆくように思われるのだった」（小沼文彦訳）。『罪と罰』に戻ると、次のように書かれている。「この豪華なパノラマからは、いつも決まって、なんとも説明のつかない冷気が彼〔ラスコーリニコフ〕のほうへ吹き寄せて来た。この華麗な画面は彼にとっては、物も言わなければ耳も聞こえない鬼気に充ち充ちたものだった」（第二部二、同氏訳）。ネヴァ河岸辺のこの幻像は、「不気味なもの」と「空虚」との中間に位置しているように思われる。

しかし、この作家がもっとしばしば描いたのは「調和や美」の幻像であった。いずれにしても彼はリアルの現れ方——それが直接的であれ間接的であれ——を象徴的世界の中に見つけることに関して抜群の才能を発揮した。この点を自覚した彼は、彼を幻想を描く作家として見そうな周囲に抗して、みずからをリアリズム作家として規定しているように受け取れる言葉を書き残したのだ。もちろん、このリアリズムなるものは普通のそれとは全く異なっている。彼が探求したのはいわゆる「現実」ではなく、現実界なのだから。それゆえに、この作家を特徴づける数々の名称（たとえばキリスト教作家はその一つ）に、筆者は次の名称を付け加えたいと思う。——現実界の探偵。

この名称にふさわしく、ドストエフスキーの作品には、ストーリーの主要な軸として、あるいはそうでなくても副次的な軸として、しばしば犯罪のテーマが選ばれている。そして、作家は犯罪行為の中に犯罪者を無意識のうちに動機づけているリアルを探求する。つまり、作家は作品の中でみずからは登場しないが、現実界の探偵の役割を遂行しているのだ。言いかえれば、リアルを追求する劇の中にあって、犯罪を巡る劇中劇が挿入されているのである。

本書で取り上げた三人の作家は、私見によればいずれも現実界の探偵である。彼らはこの点に関する限りドストエフスキーと同様に、リアルが象徴的世界の中で現れる仕方を作品中の各所で探求している。もちろん、彼らのあいだには差異もある。武田泰淳においてはその探求はそれほど目立たない点で他の二人と異なる。一方、犯罪のテーマを扱わない点では島尾敏雄は他の二人と異なる。

犯罪のリアルとのかかわりは、犯罪行為の起こる瞬間が、その前と後の時の流れから切断されていることにより知られうる。この切断のために、行為者が行為のあとになって、「どうしてあんなことをしたのか分からない」という感想を、しばしばいだくのである。その瞬間はいわば真空状態であり、この隙間にリアルが浮き上がってくるのだ。一つの犯罪行為の動機はいくつかあるとしても、行為がまさに発動しようとしているその直前の動機を、人は最後の動機として挙げなければならない。しかし、この最後の動機なるものは、リアルにかかわっているので、それが何であったかを、行為の事後、行為者は語ることができないのだ。その意味で、犯罪行為は最終的には無意識の中で起こる、と言えるのである。観察者である現実界の探偵から見ても、この最終の動機が何であるかを語ることはできない。強いて語るとすれば、それは生《なま》の生命（力）による駆動である、と抽象的な言葉で語るにとどめなければならないだろう。ただ、普通の観察者は上述の切断があることを見逃し、したがってその切断の中に犯罪者の最終の動機のあることを認め損なうのである。それを認めることができる点で、現実界の探偵は普通の観察者と異なるのだ。

現実界の探偵はまた、犯罪行為の前後のつながりを切断する隙間にリアルが浮き上がるのを認めると共に、それ以外の諸状況においても、それぞれ隙間があり、そこにリアルが浮き上がるのを見届ける。つまり、彼にとって隙間一般が問題となるのだ。これを問題視するのが現実界の探偵と呼ぶことのできる作家たちである。

現実界の探偵そのものではないが、それに準じる仕事を、明確な方法論をもって行った作家がいる。それは劇作家の別役実である。その点で、明確な方法論なしに探求を行った他の作家たちに比べ、彼は犯罪に対しては彼ら以上に批評家の役割を意識して臨んだ、と言えるだろう。ただ、彼は犯罪行為の前後を分かつ切断やその他の状況における隙間の中にリアルを見いだそうとする視点をもってはいない。にもかかわらず、新聞などの情報機関や裁判所などの司法機関が見逃すところの、犯罪行為の置かれている各種の文脈の隙間に注目する点で、現実界の探偵に準じる分析を行ったと言えるのである。

事件を分析した一例を部分的に省略を加えて紹介しよう（別役実「「関係」の死角」『図書』一九九〇年十月号、岩波書店）。賭博などで借財がかさんだ結果、母親を道づれに自殺を決意した被告が、就寝中の同女の頭部を野球用のバットで殴打したところ、同女が呻き声をあげたので、早くも死亡したものと思い、隣接の自室に入ったが、まもなく同女が被告人の名を呼ぶ声を聞いて再び現場に戻り、同女が血を流して痛苦している姿を見てにわかに驚愕恐怖し、その後殺害行為を実行することができず、同女に頭部挫傷を負わせるにとどまり、所期の目的を遂げることができなかった――。

以上がこの事件の概要である。一審では、被告が殺人の意図をもって行為に着手したのに、途中で犯意を放棄したことをもって、中止犯に相当する、という判決が下された。ところが、控訴審はこの判決を覆し、被告を中止犯ではなく未遂犯と認め、それに相当する刑を宣告、最高裁もこれを維持した。別役は中止犯を未遂犯から分かつ裁判所の論理は認めないものの、一審判決の中止犯のほうにくみする。

裁判所の論理に従えば、未遂犯と見るか中止犯と見るかの違いは、被告が母親を殴打した第一場面と彼が母親の呼び声を聞いて現場に戻り血を流して苦しんでいる彼女を目撃した第二場面とのあいだで、犯意が継続していると見るか継続していないと見るかの違いにもとづく。では、継続・非継続はどこで見分けるのか。「思いがけない邪魔が入った」というような外的障碍のために犯行が中絶される場合、犯意そのものは継続しているとみなされるので、このような場合は事件は未遂犯と判断される。一方、「良心の覚醒」で犯行が中絶された場合、犯意そのものが継続しなくなったとみなされるので、このような場合は事件は中止犯と判断されるのである。この論理に従って、一審は第一場面の犯意が第二場面では継続していないと判断し、控訴審および最高裁はそれが継続していると判断したわけだ。しかしそれでは血を流して苦しんでいる母親を見て殺害を思いとどまったのは、「良心の覚醒」のせいと言えないのか。そうは言えないというのが控訴審および最高裁の判断である。それはこれまでの判例では「血を見てびっくりして手を引いた」といったような場合は、中止犯ではなく未遂犯とされてきたからである。なぜか。血を見てひるむのは単なる生理的反応であり、それと「良心の覚醒」といった精神的、内面的レベルでの意思とは区別されてきたためではなかろうか、というのが筆者の考えである。そのために、血を見てひるむのは単なる生理的反応に過ぎないとされ、外的障碍のほうに分類されてきたのだろう。こうした分類法は苦しい理屈のように筆者には思えるが、ともあれそういうわけで裁判所の主流は内的障碍を外的障碍から区別してきた。この区別に従って、第一場面と第二場面とでは犯意に変化はなく、それゆえに両場面は連続している、と控訴審および最高裁はみなしたのである。

　この「序論」の趣旨から見て枝葉に属する外的障碍と内的障碍の区別の説明に、冗長と思えるスペースをとってしまったが、簡略に済ますと分かりにくくなり、ひいては、同じ結論に至る一審の見方と別役の見方との差異がはっきりしなくなるおそれがあった。冗長と思えるスペースをとったのはそのためである。

　別役もまた、一審と同じく第一場面と第二場面とは連続していないと見る。つまり、両者のあいだには隙間があると見る。ただし、彼はこの非連続を「良心の覚醒」などという心理的障碍によって説明するのは間違いであると言う。第一場面と第二場面とのあいだに切れ目が生じたのは、被告と母親との「関係」が変わったからなのだ。それだけのことであって、「良心の覚醒」といったような紛らわしい概念をもち出すのは無用である。このような概念をもち出さない限り、中止犯という一審判決に同意する。これが別役の主張である。

　では、二つの場面のあいだで「関係」はどう変わったのか。第一場面での被告と母親との関係は、日本の社会においてしばしば見られるような親が自殺するにあたって幼い子供を道づれにする親子関係に重ねることができる。この親は自分の一部分である子供を残しては死ぬ気になれないのだ。ちょうどそのように、借金などの多くの苦労を分かちもってくれた母親は、被告にとって自分と分かち難い、すなわち自分に「未分化に所属」する存在であった。ゆえに彼は彼女を死の道づれにしようとしたのである。ところが、第二場面になると、「関係」は一変する。被告の眼前にいるのはもはや彼に「未分化に所属」していた母親ではなく、彼女自身の血を流し、彼女自身の苦痛を訴える「異物」としての母親であった。第一場面では母親は自分の一部であり、自分とは独立の存在ではなかったから、血を流し苦しんでいる母親を見ても、実感したのは彼女を殺そうとしている自分自身の苦しみであった。いまや、第二の場面では、被告が前にしたのは彼とは独立に存在する「異物」として、筆者の言葉で言えば彼の分身ではなく「他者」として、血を流し苦痛を訴えながら被告に迫ってくる母親なのだ。その様子を見て彼は初めて「驚愕恐怖」する。第一場面では先に言ったように彼は自分の苦しみしか実感していなかった。いまや母親との「関係」は一変し、彼は「他者」としての彼女の窮状に直面したので、もはや殺害行為を続行できなくなったのである。第二の場面で所属関係（自殺の道づれにしえた関係）の外に出てしまった母親に対しては、被告は別個の人間として向かい合わざるをえない。彼は、たとえば「窮鳥懐に入れば猟師もこれを撃たず」といった猟師の「死角」に入り込んだ窮鳥の場合のように、「関係」の外側に出ることで（窮鳥は「関係」の内側に入ったのだが）被告の「死角」に入り込んだ母親をもはや殺すことはできなくなったのだ。この「関係」の変化が犯意の放棄の原因である。

別役によれば、控訴審および最高裁は第一場面と第二場面とが連続していると見たために犯行を未遂犯とする誤りに陥った。本当は二つの場面は非連続であり、したがって両者のあいだには隙間があるというのが、「関係」の「死角」からの主張なのである。

彼はほかにもさまざまの事件を扱っているが、彼の分析の特徴がはっきり現れているのは、一つのまとまりと見える事件の中に何らかの隙間を見いだす場合である。

犯罪ではないがその一例を紹介しよう（「線が引けない「点と線」」『犯罪の見取図』王国社、一九九四年）。会社員の独身男性（四十九歳）とその同僚の離婚歴のある女性（二十歳）とが、前夫とのあいだにできたのであろう男の子（二歳）を道づれに心中した事件があった。全焼した乗用車の中に三人の遺体が発見されたのである。男は生前、女に「死んでほしい」と迫られている、と家族に洩らしていた。残された遺書は、「一緒に死ぬ」という男のメモだけだった。与えられたデータは以上の簡単な新聞記事だけである。にもかかわらず、別役は、その中にこの心中事件の特異性をかぎ取る。ふつうこの種の男女の心中には、たとえば結婚が阻まれていたというような二人に共通の事情がある。ところがこの事件には、結婚の困難とかその他共に生きることをむつかしくするような事情は一切見当たらない。ただ、女のほうに、女のほうだけに死を切望する何らかの事情があった。この事情は男には全く共有されていないのである。したがって、男は死にたいという女の望みに応えるためだけに、女の企てに参加したのだ。二人を、あるいは三人をつなぐ死への共同意思があったとすれば、それはただ一緒に死ぬということだけであった。ここに三人の死の「傷ましさ」がある、と別役は言う。

筆者の観点から以上の分析に見られる方法を再度確認しておこう。このケースでもまた別役はひとかたまりに見える事件の経過の中に隙間を探求する。ここでは女の死への企てと男のそれとのあいだの隙間（差異）である。別役はこのような隙間を指摘することによって、そうでなければ見逃されてしまう事件の深層に光を当てるのである。

以上で現実界の探偵あるいは準探偵の仕事を瞥見した。本書の著者もまた、おこがましいとは知りつつ、現実界の探偵の仕事を以下で試みるつもりである。

夢野久作――現実界の探偵

Ⅰ　時空軸上のトラブル

十六、七歳の頃だったと思うが、筆者は二、三日ごとに貸本屋に出かけ、次々に大衆小説を借り出してきて読んだ。夢野久作などの探偵小説を何十冊か固めて読んだのはその頃である。特に印象に残ったのは「押絵の奇蹟」「氷の涯」「鉄鎚」「瓶詰の地獄」「死後の恋」『ドグラ・マグラ』などである。これらの作品を通して、筆者はほかの作家の作品にはまれにしか感じられない不思議な気分を経験した。その不思議な気分をどう説明したらよいのかが長年のあいだ気懸りであった。今回、彼の作品の大半を読んだのは、それが何であるかを確かめたかったからである。もっとも、読み返してみると、ストーリーの大半は忘れていたし、思い違いも少なくないことが分かった。しかし、この人の作品が醸し出す不思議な気分を、加齢のせいか程度は低くなったが、やはり経験することができた。

どこから入ればよいのだろうか。まず、過去から現在へ、そして未来へと続く直線的な時間軸から逸脱する時間の感覚を取り上げるのが妥当であろう。この日常的な直線的時間軸こそ、我々の象徴的世界を安定させる基本的な軸であり、この時間のつながりを脱臼させることは、象徴的世界に住んでいる我々を不安に陥れる最も効果的な手法だからである。以下にその一例として短編「木魂《すだま》」（一九三四年）を取り上げよう。

主人公は小学校教師、生まれつき虚弱で孤独を好む性格であった。彼は空地などに寝転んで数学のむつかしい問題を解くのが楽しみであった。献身的な妻を迎えたが一男を残して病死する。そのうち息子も事故死し、独りになる。彼は子供の頃から一種特別の神秘的な予感の感受性をもっていた。妻子を失ってからは、しばしばきょうこそ間違いなく汽車に轢き殺されるという不安に襲われながら線路上を歩いた。この線路伝いは山の中の家と学校とのあいだの近道であった。そこは息子が誤って轢死した地点である。彼は、国道を回ろうか、それとも思い切って鉄道線路を伝ってゆこうかと思い迷いながら、なおも踏切の中央で石像のように考え込んでいる自分自身を幻視した。その予感通り、とうとう彼は踏切の中央で汽車に轢き殺される（『夢野久作全集』3、三一書房）[1]。

予感とその実現に立ち会う主体と観察者は、不思議な気分にとらわれる。どうしてなのか。事実の知覚には必ずその事実の表象が伴う。予感とはその事実に先立つ表象なのである。主人公は線路上に佇んでいる自己自身を見る。しかし、事実は起こっていない。事実に相伴するはずの表象が事実に先行しているのだ。このように事実と表象の隙間が生じていることがまず奇妙に感じられる。さらに、この予感が当たり、その通りの事実が起こってしまうことで、上述の隙間がもたらす異様な感じは決定的となる。あとになって実際に主体が線路上に佇んで轢死しそうになっている時、その事実に表象が相伴しているはずだ。だが、この表象は予感として現れた表象とは同じではなく、いくらかは異なっているに違いない。それにもかかわらず、先立っていた表象が戻ってきて現在の表象と同一であるかのように思われ、こうして死に直面している事実とその表象とが相即するのである。

しかし、主人公が予感であるとみなしているものが、本当に予感であるかどうか、疑わしい。主人公は妻子を失ったあと、しばしば自殺の誘惑に駆られていた。[2] ある日、彼は自殺を考えながら息子が死んだ線路上の地点に立つ。その時の自殺願望と結びついた風景の記憶が残っている。後日、彼を襲った轢死の予感は、自殺願望が抑圧されて事故死として予感されたものであり、そしてその予感は、実はかつて見た風景の記憶なのだ。だから、問題の予感は記憶にほかならない。筆者は主人公のいだいた予感を上記のように解釈する。そして一般に、厳密な

(1) 以下、特に明記しない限り、『全集』と略称しているのは、この三一書房版(一九六九—一九七〇年)である。
(2) 作家自身もある時期、自殺願望をいだいていた。「自殺しようか/どうしようかと思ひつ、/タツタ一人で玉を撞いてゐる」(「猟奇歌」『夢野久作著作集』6、葦書房、二〇〇一年、二八四頁)。この詩や短歌を含む「猟奇歌」(一九二七—一九三五年)には自殺について語っている箇所がいくつもある。

意味で的中する予感などというものの存在を信じないというのが筆者の立場だ。だから、ここで問題にしているのは主体が予感を信じているということである。その主観において、事実を先取りした表象と、あとから起こる事実とのあいだに、乖離あるいは隙間が生じることに、筆者としては焦点を合わせたいのだ。

この作家の予感への関心は強い。小説の構成からはみ出してそれが論じられることもあるくらいだ。『暗黒公使』(一九三三年)では予感は第六感と呼ばれ、いくつかの事例が挙げられている(『全集』2、二六八―二七一頁)。これらの事例はすべて未来の事実を先取りする表象であり、事実と表象とのあいだのこのずれが作家を魅きつけていると思われる。そして、このずれの発生は、形態は異なるが放心状態として括られる心理状態に起因すると解釈されている。これらの事例の中には、予感される事実は、現在の時点での行為主体の欲望・不安・期待などと結びついている事実の未来への投影である、とみなすことのできそうな場合が少なくない。

予感とは時間軸の上では逆の現象としての既視感(déjà vu)のことを、ここで念頭に浮かべる読者も少なくないだろう。たとえば、いま見ている街角の風景は以前に一度見たことがあるという再認の経験がそれである。この場合には未来の先取りではなく過去の再来がある。そして、この場合にもまた、主体や観察者に不思議な気分がもたらされる。それは事実に表象が相伴するのが普通であるのに、ここでは現在の事実に過去の表象が相伴しているからである。しかし、H・ベルクソンが解明したように、すでに視たというのは錯誤なのだ。その風景はいま見られているだけなのである。いま風景（事実）が知覚され、そして同時に表象されている。この表象はふつうは意識しても行為するうえに何の役にも立たないので、意識されない。ところが、人が放心状態に陥り、行為への注意の集中が途切れると、相即してひとつとなるはずの事実と表象とのあいだに乖離が生じる。すると、乖離した表象が事実とは独立した位置を意識の中に占めることになる。この表象は本来は現在の事実の知覚に伴うという意味で現在の記憶に過ぎないのだが、現在の記憶とは形容矛盾なので、過去に属する記憶とされてしまうのである。

予感と既視感は時間軸に関して逆方向に位置するとはいえ、事実に相伴する表象が事実から乖離するために生じるという点では同じだ。さらに、この乖離は行為主体の放心状態において生じる点でも同じである。「木魂」の主人公も先に述べたように、数学の問題を解くのに夢中になり、生活への注意が失われてしまっている状態にしばしば陥った。ただ、その状態に陥った時に轢死の予感が起こったという記述はない。その時には幻聴が生じたと書かれている。幻聴も乖離から生じると解することができる。いずれにせよ、不思議な気分をもたらすのは、放心状態において起こる事実と表象のずれなのである。

事実と表象との関係についての以上の考え方は、ある程度、事実と象徴体系との関係にも用いることができる。表象も象徴体系も、事実と次元を異にする情報の範域に属しているからだ。もっとも、言語を基礎とし、あらゆる個別的事物から超越している象徴体系は個別的事物に密着している表象とは明らかに水準を異にする。表象が本来的には事実に相伴するのに対し、象徴体系は本来的には事実に外在し、事実を一般的な枠組へと編入するからだ。しかし、象徴体系は表象と無縁の体系ではない。その体系は表象から一挙に展開されたものではないが、それは事実を代表するという一面をもち続けているので、それは遠いところで表象とつながっている。ただし、この展開にあたっては言語の介在があるので、象徴体系は表象に比べると事実への外在性という特徴が目立ってくるのである。

しかし、事実に本来的には外在する象徴体系は事実の知覚に強い影響を与える。たとえば、我々が光のスペクトルの連続を七つの色に区画して知覚するのは象徴体系のおかげである。だから、象徴体系は知覚を通してではあるが、思いのほか事実に密着することもあるのだ。そういうわけで、先に述べた議論、すなわち事実に密着している表象が事実から乖離すると何が起こるかという議論が、事実と象徴体系との関係を見る場合にも有効な視角となりうるのである。

象徴体系の最も基本的な機能は時間と空間の軸を設定し、それにより事実をこれらの軸に関連させて位置づけることである。これらの軸との関連において、象徴的世界の中での事物の同一性が確保されるのだ。つまり、一つの事物が異なった時点で、または異なった空間において同一なまま出現することはありえないという、一定の身分をもつことになるのである。そこで、象徴体系が事物から乖離すると、同一物が二つの時点でそのまま現れたり、またそれが二つの場所に同時に現れたりすることになる。こうした状況に置かれた場合、主体や観察者は一種独特の不安な気分に襲われる。それは我々が安住している象徴的世界とは異なったどこかに我々が置かれているという気分である。この異なったどこかが現実界と呼ばれるものにほかならない。

夢野はさまざまな形をとって現れるこうした同一性の壊乱に魅きつけられたのか、それを繰り返し書きしるした。「木魂」の主人公は数学の問題を解くのに夢中になっている時に限って、思いもかけない背後のほうから「オイ」と呼びかける声をはっきり聞く。彼はびっくりする。それは父親の声でもなければ先生の声でも友だちの声でもない。したがって、筆者の解釈では、それはいわゆる超自我の声とは何の関係もない声なのだ。作家はこの声を主人公自身の声であると解釈している。筆者も同意見である。だがもちろん、その声の主体は時空の軸上に局所づけられないという意味で、その声は現実界からの声であるというほかはない。この現象は幻聴と言われているものの一つの場合である。

人間の声ではないが、「あやかしの鼓」（一九二六年、『全集』1）から続いて打ち出されてくる「ポ……ポ……」という「地獄の底」「奈落の涯」からのような音もまた、現実界の響きである。『ドグラ・マグラ』（一九三五年、『夢野久作全集』9、ちくま文庫）の最初と最後で主人公が聞く「ブウ——ンンン」に続くボンボン時計の鳴る音もそれだ。S・ジジェクは各所でD・リンチの『エレファント・マン』の中での「ブウ……」という機械の音を現実界に属すると言っているが〈その一つは松浦俊輔ほか訳『快楽の転移』青土社、一九九六年〉、我々もまた『ドグラ・マグラ』の「ブウ――ンンン」に同種の音を聞く。

分身（ドッペルゲンガー）もまた、我々を不思議な、あるいは不気味な気分に陥れる代表的な事例となってきた。ロマン派の文学がこれをしばしば作品の主題あるいは素材としてきたのは、よく知られている通りである。この不思議な、あるいは不気味な気分は、同一物が異なった時間や空間において同時に出現するところから生じる。つまり、同一物が分裂し、同一性が解体する場面に我々が立ち会わされるからである。以下に引用するのは夢野のショート・ショートからである。

「私」は精神病院の一室に収容されているらしい。鉄の檻の向こうから誰かがのろのろ歩いてきた。彼は私の檻の前までくると、立ち止まり、私を見おろした。「私」の視界の中には縞のズボンとインキのしみついた診察着が入ってきた。まもなく「私」はハッと気づいて、その顔を見上げた。「それは私が予想した通りの顔であった。……青白く痩せこけて……髪毛をクシャクシャに掻き乱して……不精髪をぼうぼうと生やして……〔中略〕受難のキリストじみた……。〔改行〕……それは私であった……かってこの病院の医務局で勉強していた私に相違なかった」（「怪夢」一九三一―一九三二年、『全集』2）。「私は疲れている。考える力もないくらい、睡たがっている。〔改行〕私の意識はグングンと零の方向に近づきつつある。無限の時空の中に無窮の放物線を描いて落下しつつある。〔改行〕その時に壁一重向うの室からスヤスヤという寝息が聞こえて来た。私の寝息にピッタリと調子を合わせた、私ソックリの寝息の音が……静かに……しずかに……」（「ビルジング」一九三二年、『全集』2）。次に挙げるのは人ではなく物の分身であるが、同様に我々を不気味な気分に引き込む。パイロットは単葉の偵察機を操縦して二五〇〇の高度を飛行中、この機そっくりの機に遭遇する。搭乗者も一人らしい。「私はアット声を立てた。〔改行〕私が大きく左舵を取って避けようとすると、同時に向うの機も薄暗い左の横腹を見せつつ、大きく迂回して私の真正面に向って来た。〔改行〕私の全身に冷汗がニジミ出た。……コンナ馬鹿な事がと思いつつ慌てて機体を右に向けると、向うの機も真似をするかのように右の横腹を眩しく光らせつつ、やはり真正面に向って来る。〔改行〕……鏡面に映ずる影の通りに……」。「……はてしもない青空……。〔改行〕……眩しい太陽……。〔改行〕……黄色く光る層雲の海……」（「怪夢」）。谷川健一が強い印象を受けたことをどこかで語っていたが、この飛行機の分身の接近の場面はすばらしい。それは読者に戦慄と怖れを引き起こす。

では、分身現象とは何か。それは象徴的世界の中で時空軸により定められた特定の位置を占める同一人格が分裂し、二つに分かれる現象である。詳言しよう。象徴体系はすべての事実をその包囲網の中に取り込もうとしている。だが、この網の目のどこかの部分が弛み、事実がその網の目から洩れ落ちる。その洩れ落ちた部分が現実界である。この視角から見れば、行為主体である人格もまた時空軸上に特定の位置を占める事実である。象徴体系の網目がどこかで弛んだ時、そこから洩れた事実としての人格は分裂する。その一部は象徴化された部分、もう一つは象徴化から洩れ落ちた部分である。これが分身現象の発生条件にほかならない。ただし、たいがいの場合、みずからの人格に分裂が生じていても、その一部（洩れ落ちた部分）を外界に投影し、自分でありながら自分でない者の像、つまり分身を形成することはない。だから、分身の発生条件から分身の形成に至るには、他の要因が必要となる。この要因は生活への注意の弛緩（観念への注意の集中の半面として起こることもある）すなわち放心状態であるように思われる。ベルクソンや夢野に示唆された筆者にはそのように思われるのである。

　分身の像の形成にまでは至らないが、その一歩手前にさまざまの前分身現象がある。先に引用した「木魂」の主人公が聞く「オイ」という自己自身の呼び声もそうである。どうしてこの種の呼び声が聞こえるのか。主人公はある外国の心霊学会誌の一論文を共感をもって引用している。そこで述べられている理説は多分作家自身のものである。それは次の通りだ。「一切の人間の性格は、ちょうど代数の因子分解と同様な方式で説明出来るものである。換言すれば一個の人間の性格というものは、その先祖代々から伝わった色々な根性……もしくは魂の相乗積に外ならないので、たとえば（A^2-B^2）という性格は（$A+B$）という父親の性格と（$A-B$）という母親の性格が遺伝したものの相乗積に外ならない……と考えられるようなものである。ところでその（A^2-B^2）という全性格の中でも（$A-B$）という一因子《ワンファクター》……換言すれば母親から遺伝した、たとえば『数学好き』という魂が、その（$A-B$）的傾向……すなわち数学の研究欲に凝り固まって、どこまでも他の魂の存在を無視して、超越して行こうとするような事があると、アトに取り残された（A+B）という魂が一人ポッチで遊離したまま、徐々と、又は突然に一種の不安定的な心霊作用を起して（A-B）に呼びかける……つまり一時的に片寄った（A-B）的性格を（A+B）の方向へ呼び戻して、以前の全性格（A^2-B^2）の飽和状態に立ち帰らせるべくモーションをかけるのだ。その魂の呼びかけが、そっくりそのまま声となって錯覚されるので、その声が普通の鼓膜から来た声よりもズット深い意識にまで感じられて、人を驚ろかせ、怪しませるのは当然のことでなければならぬ」。よくまとまっているので、あえて長い引用を行った。それに、ここで述べられている、性格の構成要素は遺伝するという考えは、あとで取り上げる『ドグラ・マグラ』の理解にも役立つからである。

さて、以上の理説は、性格の構成要素を遺伝的所与と見たり、性格の分裂した部分が他の部分に呼びかけたりするという点で、筆者がこれまで依拠してきた人格の分裂の理説とはかなり異なっている。だがそれにもかかわらず、夢野がこのテキストにおいて世界の中でひとつであった人格が二つの部分に分裂し、分裂した部分は世界の外に出て分身となる、と説いている点は、筆者の依拠する分身説と変わりはない。

「木魂」ではそのほかに離魂や夢中遊行についても論じられている。これらも前分身のカテゴリーに入れてよい、と筆者は考える。

さて、前述の（A^2-B^2）から分離した魂である（A-B）には、象徴的世界はどのように見えるのだろうか。いわゆる神秘的体験を語った詩人や作家は少なくないが、上記のような設問に対する一つの答としてこの体験を語った作家や詩人はほかにあまりいなかったのではないかと思う。もちろん、夢野は分離した魂はすべてこのような体験をするといった一般理論を述べているわけではない。ただ、分離した魂の状態を経験したことのある彼自身が、いつか、たまたま見たものを語っているのである。

「彼はかつての日、深く自信もし、愛惜していた自分の天才が、如何に小さく安っぽいものであるかをこの時初めて悟ったのであった。そうして言い知れぬ感激のために腸の底まで強直してしまったのであった……眼は向う側の高いスレート屋根を這い昇って行く朱色の日ざしを凝視しながら……心はこの大地のオーケストラ……二度と繰り返されないであろう微妙な非音階音が縺《もつ》れ合い、重なり合いつつ奏でて行く「大都会の夕暮」の哀調に恍惚として、今までにない慰安と幸福とを感じた。……「にんげんの音楽は皆似せものであった。……自分の音楽も似せものであった。……自分は要するに無用の存在であった。……自分は死んでも本当の音楽はこうして永遠に、地上に繰り返されて行くのだ。……ありがたいありがたい……なつかしいなつかしい……嬉しい……楽しい……」……そのような気持ちが彼の胸に一パイになって、生温い泪が自ずと瞼にあふれて来た。……赤い日ざしが……青空が……白い雲が……煉瓦がユラユラとゆらめいて、次から次へと左右の眥《めじり》へ流れ出して行った」(「童貞」一九三〇年、『全集』1)。

「私は課業の休みの時間になりますと〔中略〕あの廃屋の二階に上り〔中略〕安楽椅子に身を横たえて〔中略〕防火壁の上の青い青い空をジイッと眺めるのを一つの楽しみのようにしておりました。そうして私の心の奥底に横たわっている大きな大きな冷たい冷たい空虚と、その青空の向うに在る、限りも涯しもない空虚とを見比べて、いろいろな事を考えるのが習慣のようになっておりました。〔中略〕〔改行〕私の心の底の底の空虚と、青空の向うの向うの空虚とは、全くおんなじ物だと言う事を次第次第に強く感じて来ました。そうして死ぬるなんて言う事は、何でもない事のように思われて来るのでした。〔改行〕宇宙を流るる大きな虚無……時間と空間のほかには何もない生命の流れを私はシミジミと胸に感ずるような女になって来ました。私の生まれ故郷は、あの大空の向うに在る、音も香もない虚無世界に違いない事を、私はハッキリと覚《さと》って来ました」（「少女地獄」一九三六年、『全集』6）。

Ⅱ　探偵小説の本格と変格

以上で筆者は時間の直線的進行を疑わせるような事実への夢野の強い関心を指摘してきた。すなわち、ある事実が時間軸上に定位置を占めることなく、現在に属していながら過去にも属し、あるいは未来にも属している、といったような時間軸上のトラブルへの関心である。そして、このトラブルに伴い、事物や人格が空間軸の上で二つに分かれる現象へも、夢野は強い関心を寄せた。しかし、彼がもっと強い関心を寄せたのは、事実そのものである。それはたとえば殺人や自殺であるが、ただ、その事実が時空軸上のトラブルにかかわって生じる場合を取り上げる時に、夢野の作品にほとんど独特と言ってよい探偵小説的魅力がもたらされる。

探偵小説の普通のパタンは何だろうか。それは成行きの記述と因果の追求とを重ねるパタンであると言ってよかろう。E・M・フォースターは小説の構成要素としてのストーリーとプロットを区別している。「王様がお亡くなりになり、そしてお妃が亡くなられました」というのがストーリーであり、「王様がお亡くなりになったのを悲しんでお妃がお亡くなりになりました」というのがプロットである（『小説の諸相』）。先に成行きの記述と呼んだのがストーリー、因果の追求と呼んだのがプロットに相当する。ストーリーは時系列に沿って語られ、プロットは逆に時系列を遡る。探偵小説のストーリーは一般に平凡で穏やかな状況の描写から始まり、それから突然事件が発生し、次いで現在に移って、その過去の事件の犯人らしき者や探偵が登場し、そして探偵が犯人を特定する、というふうに進行する。プロットは逆に現在から始まって、探偵は過去に起こった事件の犯人を発見し、さらに犯行の動機を過去の過去すなわち大過去にまで遡って追跡する。ストーリーが大過去ではなく過去から出発する場合もあるが、この点を除けば、ストーリーとプロットとは逆行すると言える。

ナレーターの語りによる成行きの連続線と、それに逆行する探偵による因果の連続線とが交錯するのは事件においてである。この事件の中で、因果の探求者としての探偵は、事件の作用因としての犯人と遭遇するのだ。読者に感動を引き起こすのはこの遭遇、あるいは反対方向に進む二つの連続線の交わりである。離れ離れであったものが一点に収斂するからである。(3)

夢野は探偵小説には本格と変格の二種があるとし、次のように言う。「探偵小説の真の使命は、その変格に在る。謎々もトリックも、名探偵も名犯人も不必要なら捨ててよろしい。神秘、怪奇、冒険、変態心理等々々の何でもよろしい」(「探偵小説の真使命」一九三五年、『全集』7)。

彼が本格と呼ぶ探偵小説は、私見によれば事件における探偵と犯人の遭遇と、事件における二本の連続線の交わりに力点を置く小説である。これに対し、変格は事件それ自体の異常な性格の分析に力点を置く。本格の場合は、事件そのものはたとえ殺人のようなめったに起こらないものであっても、それの性格は平凡なものであってもよい。ストーリーとプロットの事件における収斂を、いかに精密に構成するかが問題だからである。これに対し、変格の場合は、事件そのものが普通の枠からどのように外れているかを露わにすることが問題なのだ。

夢野自身はどうかというと、彼はみずからを変格派のほうに位置づけている。つまり、「神

(3) この収斂が感動をもたらすという点については、拙論「文学的感動の図式」『仮構の感動――人間学の探求』筑摩書房、一九九〇年、参照。

秘、怪奇、冒険、変態心理等々」を含む謎めいた事件を取り上げることが、自分の作家としての使命であると考えているのである。しかし、筆者がこれまで見てきたように、彼が取り上げているのは、上に羅列された異常性には還元できない何かを含んでいる。その点がこれらだけの表現に才能を発揮した江戸川乱歩、小栗虫太郎、押川春浪などに比べると、夢野が異色の探偵小説家に見える理由である。もちろん、彼もまた神秘、怪奇、冒険、変態心理などの諸現象を取り扱う。彼が表現しようとしたものは、しばしばこうした現象の形をとってはいる。だが、彼が真に表現したいものはこれらに還元できない何かなのである。

では「何か」とは何なのか。ここで、V・ジャンケレヴィッチの行った一つの区別の応用が役に立つだろう。彼は秘密（secret）と神秘（mystère）を区別する。秘密はいつかは解けるはずのもの、神秘は解けるはずのないものである。私見によれば、両者は謎と呼ばれているものの二種であると言ってよかろう。彼は秘密の例として判じ絵を、神秘の例として存在や無垢を挙げている（*L'innocence et la méchanceté, Traité des vertus*, III, Flammarion, 1986, p.445）。筆者はこの区別を応用し、広い意味で合理的に説明できるはずの事件と、合理的な説明の枠からどうしても洩れ落ちてしまう事件とを区別しよう。広い意味で合理的と言うのは、知的に、あるいは目的－手段の文脈のもとで説明できるという意味での合理的のほかに、象徴的世界の中での理念（たとえば理想）との合致という意味での合理的の両方が含まれるからだ。この広い意味での合理的な枠から洩れ落ちる事件を、いちおう非合理的な事件と呼ぶことができよう。この種の非合理的なものが「何か」なのである。

変格派作家と自認する夢野は非合理的な謎（神秘）を含む事件の探求をめざしていた。しかし、この種の謎も謎である以上、隠されたものであるという点で合理的な謎（秘密）と区別しにくい面をもつ。それゆえ、探偵小説家である彼は、秘密の暴露をテーマとする作品をしばしば書いた。だが、秘密の現象の背後にしばしば隠されている神秘の探求こそが、彼の本来のテーマであった。そのことは「探偵小説は、良心の戦慄を味う小説」（「探偵小説の真使命」）であるという、彼のいささか風変わりな定義に現れている。彼の言う良心は、あとで述べるように多義的である。ここではそれを非合理的な謎すなわち神秘への感受性であると解しておきたい。そして、この感受性はJ・ラカンの言う現実界への感受性に等しいと筆者は考える。かつてJ・-J・ルソーは宇宙の神秘的秩序への感受性を良心と呼んだ（「サヴォアの助任司祭の信仰告白」『エミール』）。もちろん、夢野がルソーを読んでいたとは思えないが、「良心の戦慄」という風変わりな表現は、ルソーの用語法に照らし合わせるなら、全く風変わりであるとは言えない。ただ、夢野の場合には良心は宇宙の神秘的秩序への感受性のほかに生と死への感受性を含むことが多い。夢野は上記の感受性に衝撃を与えるのが探偵小説であると考えていた。だから、彼の言う探偵小説の使命は現実界にかかわる「何か」の探求であったのだ。

良心への衝撃をもたらす一例として、スケッチふうの短編「瓶詰の地獄」（一九二八年、『全集』1）を挙げておこう。海で遭難し、十一歳の少年とその妹の七歳の少女が無人島に流れ着く。自然の食物に恵まれたこの美しい島で、文明から切断された二人はすこやかに大人になってゆく。所持していた本は新約聖書一冊だけであった。成熟してゆくにつれて、楽園のような生活に陰りが見え始める。彼らは性的欲望にめざめるが、近親相姦の掟に触れてはならないので、お互いを避けるようになったからである。「私とおんなじ苦しみに囚われているアヤ子の、なやましい瞳が、神様のような悲しみと悪魔のようなホホエミを別々に籠めて、いつまでもいつまでも私を、ジィッと見つめているのです」。そしてついに、掟は侵される。二人を救助するためにやってきた両親を乗せた舟を見かけながら、二人は崖の上から海に身を投げる。

以上のプロットは、間をおいて投じられた瓶詰の三通の手紙から、読者が作者の示唆に従って構成したものである。実際は、瓶が日本に漂流して届いた順序は手紙が書かれた時点と逆になっている。つまり物語のストーリーは瓶の漂着順に進んでゆく。最後に届いた第三の瓶中の手紙の内容はこうだ。「オ父サマ、オ母サマ。ボクタチ兄ダイハ、ナカヨク、タッシャニコノシマニ、クラシテイマス。ハヤク、タスケニ、キテクダサイ。／市川太郎／イチカワアヤコ」。これがストーリーの終わりであり、プロットの始まりなのだ。発信順序の逆に並べられた手紙を読んできた読者は、この二人が辿り着く悲劇的な結末をすでに知っている。作者のこの並べ替えの技法により、読者は日付を追った並べ方で読むよりもいっそう深い感慨を催す。少年たちが置かれている原初の無垢が読者の心を打つ。ストーリーとプロットの逆行の効果がその感慨を倍増させるのだ。この効果により、事実が読者に与える効果の衝撃も強化される。

事実とは何か。それは性的欲望が到達をめざす享楽の運命である。その欲望は充足に限界があり、頂点に達すると、人は空虚感に襲われ、死の誘惑に駆られる。ふつう象徴的世界に生きる住民には禁止の法による制約をはじめさまざまの障碍が設けられているので、彼らは純粋な享楽に到達することはない。それゆえ、彼らは死の誘惑に曝されることはなく、中途半端な生の枠に閉じ込められている。これに対し、孤島の二人は生きること以外の無駄な配慮にとらわれることなく、純粋な生を生きる。性的欲望はこの純粋な生の象徴である。彼らの生の追求は象徴的世界からもち込まれた唯一の禁止の法、近親相姦のタブーを侵犯するところまでゆく。彼らの生と死のドラマは象徴的世界の外にある現実界のドラマなのだ。それゆえ、「瓶詰の地獄」はスケッチふうの小説ながら、現実界にかかわる「何か」を表現する秀作なのである。

Ⅲ　本格的で変格的な『ドグラ・マグラ』

『ドグラ・マグラ』に移ろう。これは本格と変格の両面を備えたライフ・ワークである。この長編小説はこれまでの彼の作品の集大成と言われているが、プロットが複雑に過ぎ、また構成上冗長な部分が多いので、読者としての筆者はこれを彼の最高傑作であるとみなすことに躊躇を覚える。それはともかくとして、『ドグラ・マグラ』の分析に入ろう。

この小説は、九州帝国大学精神病科病棟の一人の若い患者（明治四〇年十一月二十日生まれ、二十歳）が、同大学法医学教授若林博士に提出した手記ということになっている。手記はこの青年が七号室で「…………ブウウ――――ンンン――――ンンンン…………」という蜜蜂の唸るような音を耳にしながらめざめるところから始まる。どこか近くでボンボン時計が鳴っている。そのうちに隣室から「お兄さま。お兄さま……」と呼びかける若い女の悲痛な声を聞くが、その声に全く聞き覚えがない。そして、この手記の最後の場面で、彼は過去のさまざまな出来事を思い出し、同じブーンという音を聞くところで終わる。最後の場面を読み終えて読者は最初の音が反復されているところで終わることに不安な気分に陥れられる。この点については、またあとでふれよう。この最初と最後のあいだに、彼の記憶を取り戻すため意図的に働きかける人物が登場する。それは彼の隠された父である精神病学教授の正木博士と正木のライヴァルである上述の若林博士とである。彼らは青年の過去の行為や彼の先祖の行為を示すいくつかの資料を彼に読むように仕向ける。そしてついに、正木は三つの犯罪を犯した人間が呉一郎という名前をもつ青年自身であることを認めさせるに至る。これは、記憶を失っていた主人公が記憶を取り戻し、自己自身を発見してゆくストーリーである。このストーリーの特徴は、犯人であった主人公が、両博士の助けにより、あるいは彼らに操られながら、たどたどしいにせよみずから探偵となって自分のアイデンティティを発見してゆくところにある。

本格派小説の標準的なプロットは、先に述べた通り、ストーリーの終局で探偵は犯人を発見した時点から、犯行の動機を求めて大過去へと遡って追求する。これに対し、『ドグラ・マグラ』においては、逆行は一気に進まず、いくつかの時点で停止し、あるいは後戻りしながら、断続的に進んでゆく。それは解明されるべき事件のすべてが呉一郎の犯行であるかどうかが疑わしくなるからだ。ともあれ時系列上の順序では、正木により呉一郎がかかわるとされる第一の事件は母親の絞殺（大正一三年三月）、第二の事件はいとこで許婚者の絞殺未遂（大正一五年四月二十六日）である。その許婚者は実は若林の手によって蘇生し、精神病棟に収容されていた。この小説の冒頭で「お兄さま」と訴えていたのは彼女である。第三の事件は病棟内の解放治療場で起こった（大正一五年十月十九日）。彼は鍬を振るって四人の患者を殺し、一人の監視人を傷つけた。

これらの事件はすべて遠い大過去に唐の玄宗皇帝の統括下で起こった奇怪な事件へと結びつけられてゆく。皇帝の身近に呉清秀という天才画家がいた。彼はとめどもない快楽に溺れている皇帝を諫めるため、肉体のはかなさを描いた絵を献上する計画を立てる。新婚の夫人は夫への愛のため、彼に進んで殺され、みずからの屍体を描かせる。こうして、何枚かの変化してゆく屍体を描いて絵巻物としたが、それの腐敗が予想したよりも早く、予定の半分も描き上げないうちに屍体は白骨と毛髪だけになってしまった。失敗を取り返そうと、呉清秀は村里に出て目にとまった女たちを打ち殺し、モデルにしようとした。

清秀夫人の妹は落魄した義兄の世話をし、彼の子を宿す。彼女は絵巻物をたずさえ、息子と共に日本へ渡った。息子は九州の唐津に定住し、子孫をつくった。この呉家の現在の当主が呉一郎なのである。呉一郎の犯罪はすべて先祖の呉清秀から遺伝された心理に動かされ、「先祖の真似」を始めたためだ、と正木は説明する。

ここで正木の心理遺伝説なるものを紹介しないわけにはゆかない。彼によれば、脳髄だけが物を考えたり感じたりするのではない。我々の全身の諸器官を形成する何十兆もの細胞のすべてが考え、感じたりしており、相互に反射交感している。この反射交感を仲介する電話交換局のような役割をするのが脳髄である。だから、真に考え感じているのは細胞団であり、それらなしには我々は考え感じることはできない。それなのに、人は反射交感を仲立ちする電話局が考えたり感じたりすると思い違えているのである。この脳髄電話局説は多分ベルクソンに依拠しているのだろう。ところで、考え感じる細胞は遺伝され、記憶力をも備えている。正木は彼の卒業論文「胎児の夢」において、胎児は母親の胎内にいるあいだ、最古の祖先から両親に至るまでの全進化の過程を夢の中で反復している、と主張する（『夢野久作全集』9、ちくま文庫、二一九頁）。成人になっても事情は変わらない。成人もまた、祖先以来の生存の欲望（食いたい、寝たい、勝ちたい、など）を反復する。これが心理遺伝である。しかし、正木はこの種の人類共通の心理遺伝よりも、個々人に特有の、そして怪奇な心理遺伝の発作に研究対象をしぼった（同上、二五三―二五四頁）。この対象となったのが呉一郎だったのだ。

以上の正木の心理遺伝説に照らし合わせると、呉一郎がかかわったとされる三つの事件がすべて彼の手によるものかどうか疑問が生じる。第二の事件は挙式を直前に控えていたので許婚者殺しは妻殺しに等しく、それは呉清秀の妻殺しの心理遺伝による再現と解しうる。また、第三の事件は彼が村里で女たちを殺し、あるいは殺そうとして村びとたちに追いかけられた時に犯した、彼女らや彼らへの殺傷の再現と解しうる。だが、第一の母親殺しに関しては、それに相当する先祖の行為が見当たらない。若林がこの事件の真犯人は正木ではないかと疑ったのは無理からぬことである。正木はかつての妻であり、一郎の母である千世子を手にかけたようだ。そうだとしたら、その動機は何なのか。それは一郎を千世子から引き離し、千世子の姉八代子の許へと赴かせ、その娘モヨ子と一郎（いとこ同士）の結婚を急がせるためである（同上、五四三頁）。正木はまた、結婚前夜の気分が高潮した時期に一郎に絵巻物を見せ、先祖の殺人の記憶を活性化させ、彼を発狂状態に陥れて許婚者殺しへ向かわせたのである（百川敬仁『夢野久作——方法としての異界』岩波書店、二〇〇四年、七八—七九頁）。これが若林の推理だ。若林は心理遺伝説の実証を巡って正木と先陣を争い、またかつては千世子をおくれてやってきた正木に奪われたこともあった。だから、千世子殺しの犯人＝正木という若林の推理にはバイアスがかかっているのではないか、という疑いは残る。作家自身は千世子殺しに関しての正木の〈犯人＝一郎説〉と若林の〈犯人＝正木説〉のどちらが正しいかの判断を下していない。

このように、『ドグラ・マグラ』の中には犯人の正木を探偵の若林が追及する副プロットも含まれていて、これが主プロットと錯綜してくる。

以上『ドグラ・マグラ』のプロットを辿ってきた。しかし、この小説においては、プロットがその上を進行してゆく時間軸そのものが不安定なので、それは通常の本格派小説の枠にはまり切らない趣きを呈する。通常の、伝統的な時間軸とは何か。そこでは過去－現在－未来が直線上に並ぶ。過去の事実はそのようなものとして行為主体の記憶の中で一つの位置を占めている。それは現在の事実と混同されることはない。もちろん、過去の事実が現在において想起されることがあるが、それはあくまで過ぎ去った事実として想起されるだけである。これに対し、『ドグラ・マグラ』の主人公である主体においては、過去の事実は記憶の中で特定された日付をもたない。それが起こったかどうかすらはっきりしない。したがって、こうした主体にとっては過去の事実はいつも現在の事実へと転じる可能性があるのだ。

一例を挙げるだけにとどめよう。それは第三の事件にかかわる時間軸上のトラブルである。窓の内側にいる「私」の眼下には解放治療場の全景が展開されている。鍬を振るって砂の畝《うね》を作りつつある老人、舞踏狂らしいお垂髪《さげ》の女学生、そしてこちらに背を向け、老人の鍬の動きを見ている青年など、十の人影が見える。この髪の毛がぼうぼうで、黒い着物をだらしなくまとった惨めな青年こそ「私」自身なのだ（『夢野久作全集』9、ちくま文庫、四五〇、四五四―四五五頁）。「私」が窓の内側から見ているのは、五人殺傷の大惨事が起こった大正一五年十月十九日の正午直前の光景である。この光景を見ている「私」に語りかける正木によれば、今はこの解放治療場はすっかり閉鎖されており、人っ子一人いない（同上、四五九頁）。なぜなら、今は十月二十日の午前だからだ。だとすると、「私」は「人ッ子一人いない」光景に代えて、一日前の惨劇直前の光景を見ていることになる。この奇妙な現象を正木は次のように解説する。「私」がいま見ているのは実際には人っ子一人いない解放治療場の風景である。だが、頭が疲れているとか神経衰弱にかかっている時などにもよく起ることだが、現在知覚しているそのイメージの中に過去のイメージが侵入してくる。それは惨劇直前の「私」自身をも含んだ十人の患者のいる解放治療場のイメージである。このイメージは夢に類似するもので、現実のものではない。したがって、「私」は夢と現《うつつ》（過去と現在）を一緒に見ているのだ、と（同上、四五九—四六〇頁）。

回想される過去のイメージは、日付がない場合には容易に現在の知覚に侵入し、現在のイメージとダブる。この現象を主体に即して語ると、一人の主体が現在の主体と過去の主体とに分裂しており、この分裂した二つの主体が重なっているのだ。これは空間軸上のトラブルである。こうして、夢みる主体に日付のない過去のイメージが、現《うつつ》の主体の置かれている内外の状況に合わせて到来する。正木によれば、この過去のイメージの中には遠い過去から近い両親、そして本人に至るまで受け継がれてきた細胞の記憶が再現するイメージも含まれているのだ。内外の状況——たとえば身の危険は外の状況であり、放心状態は内の状況である。

『ドグラ・マグラ』は通常の伝統的な時空軸上の位置からはみ出す人物を主人公としているために、読者はいくら読み進んでいっても落ち着かない気分から逃れることができない。最後の数頁のところで、「私」は自分が殺人犯の呉一郎であることを認めざるをえなくなる。探偵はついに真犯人を発見した。しかし、過去の事実の暗いイメージが想起され、そして冒頭の「お兄さま……」というモヨ子の訴えかける声が聞こえてくる。読者の心は依然として落ち着かない。それに「ブーーンブーーン」という時計の鳴る音が聞こえてくるのも冒頭と同じだ。最後になって少女の声と時計の音を主人公を通して聞いた読者の中には、ふとこれまで語られてきたストーリーは、すべて呉一郎の見た悪夢に過ぎないのではないか、という不安にとらわれる人もいるだろう。そして、その人は、悪夢を見終わった主人公に再び少女の声と時計の音が聞こえるので、これからまた同じ悪夢が始まるのではないか、という怪しげな気分に陥るだろう。だとすれば、この小説は終わりが始まりになる円環的時間を描いていることになる。つまり、小説全体が過去ー現在ー未来という通常の伝統的な直線的時間の軸から脱落しているのだ。しかし、このような読み方が正解であるという保証はどこにもない。筆者もそれが正解であると主張するつもりもない。ただ、そのような読み方がしたくなるのは、この小説が時空軸上のトラブルで悩む主人公を中心に展開されているからである。

先に述べたように、『ドグラ・マグラ』は本格と変格の両面を備えた大作である。しかし、そのことがかえってこの作品を彼の最高傑作とは言い難いものにしている、と筆者には思える。もちろん、このジャンルの作品としては、高い水準にあるという一般の評価を認めたうえでのことだが。前にも言ったが、本格派小説としてはプロットが複雑過ぎて跡を辿ろうとする読者に過大な負担を要求すると共に、構成上冗長な部分が多過ぎる。では、変格の面はどうか。この作家は変格派であることを自認していた。もっとも、彼の本領は単に怪奇現象や変態心理への関心にとどまることなく、これらの異常性の底に潜む現実界を追求するところにあった。ところが、『ドグラ・マグラ』において対象とされている事件の性格は単に怪奇なものにとどまっているように筆者には思われる。なぜか。現実界は時間軸に沿った因果の連続が中断されるところに現れる。『ドグラ・マグラ』における事件は確かに通常の伝統的な時間軸上に確固とした位置を占めていない。それゆえ、それらの事件は、この時間軸に沿って因果の連続を辿る立場（普通の探偵の立場）からは説明が困難な謎を含んでいるのである。しかし、『ドグラ・マグラ』における呉一郎の犯罪は、通常の伝統的な時間軸ではないが、やはり一種の時間軸上に位置づけられている。それは心理遺伝という時間軸である。呉一郎の犯罪はこの軸に沿う因果の連続の中に位置づけられうる、とされている。彼の起こした事件はこの連続の中断したところで起こったのではない。それゆえ、この事件は一種の象徴体系の中にはまり込んでおり、したがって、それから洩れ落ちたものを指し示す働きをもたないのである。そう考えると、『ドグラ・マグラ』における怪奇な事件の謎は、解けるはずのない神秘のほうにではなく解けるはずの秘密のほうに分類するのが適切に思われてくる。

Ⅳ　夢野久作のイデオロギー

最後に、夢野のイデオロギーについて考察を加えておきたい。彼はとりわけ長編小説の中でナショナリストふうの見解を登場人物に語らせている（『暗黒公使』や『ドグラ・マグラ』）。彼自身の見解としては、先にも引用した「探偵小説の真使命」において、「功利道徳、科学文化の外観を掻き破って、そのドン底に恐れ踠《もが》いている」「在るかないかわからない良心を絶大の恐怖に暴露して行く」のが探偵小説である、と語る。彼は現今の日本が西欧ふうの「功利道徳」「科学文化」によって覆われていると考えた。しかし、この日本においても西欧化の網目から洩れ落ちた「人間性」「良心」がかすかながらも残っている。この部分を明るみに出し、人々を覚醒させるのが、探偵小説の使命なのだ。この支配的な文化と洩れ落ちた深層とをイデオロギーの水準で対立させると、西欧の唯物文化・対・日本の唯心文化となるのである。

この対立図式はエッセイ「自己を公有せよ」（一九三六年）の中で詳述されている（『夢野久作著作集』6、葦書房）。上述の対立図式にかかわる部分を筆者が整理すると、以下のようになる。

人間以外の下等動物は、意志、欲望、感情などをもっぱら自分自身のために用いて生きのびようとする段階にとどまっている。ひとり人間だけが公衆や他人のために尽くす自己公有の本能をもつに至る。この本能により、動物なみの自己私有の本能を統制することができるようになった。この自己私有の本能を抑え、自己反省の能力を高めるために出現したのが宗教であった。

ところが、生存競争の激化などの原因で、私有欲や優越欲が自己公有の本能をしだいに圧倒するに至る。この逆転に力を貸したのが智慧である。智慧は本来は物資の余裕を与え、公正な幸福を約束するはずのものであった。ところが、智慧もしくは科学は自己私有の本能のほうに加担し、自己公有の本能の発露である誠意や良心を踏みにじる〔馬鹿にする〕。一方、科学は宗教の教理のもつ非合理的な面を暴露し、また、科学に無知な人々が宗教を信じることにより生存競争に敗れて社会的弱者となることを見せつけられたため、一般大衆は科学文明の万能、唯物文化の無上性を信じるようになった。その結果、彼らは早計にも、宗教によって暗示された精神文化もしくは良心の作用までも否定する傾向に陥ってしまった。そして、「良心の代りに自己私有の動物本能を肯定し〔中略〕功利主義を〔に〕固執する事」が真の文化人なるものの特性とされるに至ったのである。

資本主義文化は上に述べた唯物思想や功利主義がもたらした一つの極限形態である。では、これに対抗して出現した社会主義文化はどうか。これも、唯物思想や個人主義〔功利主義の別名〕に立脚している以上、資本主義文化の双生児であるに過ぎず、人類の進化への道を切り拓くものではない。それは少数の資本主義者に集中している私的所有を多数の小資本主義者に分散させるに過ぎない。

大和民族の場合はどうか。明治維新以後、西洋の唯物科学的傾向を短期間に学び、唯物文化の同化に成功した。だが、そのために西洋先進国と同様の物質的、精神的行き詰まりに悩んでいる。しかし、「大和民族は、その建国当時から、自己公有の本能が極めて強い人種」であった。外来の宗教もこれを浄化して取り入れ、唯心的社会組織を安定させてきた。その自己公有の本能は、君に忠、親に孝という信念を通して一貫して受け継がれている。現状はどうか。大勢としては日本国民は唯物思想の影響を受け、物質的、精神的な行き詰まりに陥っている。この時点において、我々は「生命本来の面目たる忠孝の道に立帰り」「清純、至上の精神文化の大気中に息を吹き返す」よう、互いに精進し合わなければならない。

長い紹介になってしまった。しかし、この紹介により、西欧文化・対・日本文化の図式が意味するものが明瞭になったと思う。その第一。西欧文化の基調は唯物思想、自己私有であり、日本文化のそれは唯心思想、自己公有である。その第二。日本においては西欧文化は表層にとどまっており、それはどんなに厚みがあっても、その深層には日本文化が連綿として存続している。

ここで、第二の対立に関して私見を述べよう。先に筆者は夢野の言う良心とは現実界への感受性を指すという解釈を述べておいた。しかし、「自己を公有せよ」を読む限り、良心という語は普通の意味で用いられている。つまり、この語は意志、欲望、感情などを自分だけのものにせず、それらを他者と共有しようとする意識を指しており、したがって、同情などといった倫理的な志向を含むからである。この意味での良心は他者への誠実を表すまごころといった言葉に等しいと思われる。『暗黒公使』では良心に相当するものが「真実心」と呼ばれている。

しかし、夢野は良心という語を異なった仕方で使用しているとは全く考えていなかった。その無頓着は彼の一つの詩の中にも現れている。

「財産を私有する勿れ／心念を私有する勿れ／汝の全霊を万有進化の流れと／共鳴一致せしめよ／常に無限なれ／〔中略〕／良心は一切の本能が互ひに統制し、自他の共鳴を完全にして、人文の進化を〔中略〕導き行かむとする人類共通の最重大の本能也／〔後略〕」（「良心」一九三六年、『夢野久作著作集』6、葦書房）。

この詩においては、一方では一つの社会の内部での自己公有が良心と呼ばれ、他方では生命進化の流れへの自己の投入も良心と呼ばれている。両志向とも自己の限界を超えるところは共通である。だから、夢野は両志向のあいだの差異に無頓着でありえたのだ。しかし、ベルクソンの区別をもち込むなら、忠孝といった徳目への志向は「閉じた社会」への志向であり、生命進化の流れへの自己の投入は「開いた社会」への志向である。そして、現実界への感受性と呼んだものは、この後者の志向の一面なのであり、前者の志向とは異質的なのだ。ところが、夢野には自己を超えないか（功利主義）それとも自己を超えるか（反功利主義）の二つの分かれ道しか念頭になかった。彼は自己の超え方に二種があることに気づかなかったのである。

以上で述べた良心の二側面の区別を手掛りにすることにより、西欧文化・対・日本文化という対立の言葉を通して夢野が訴えようとしたものは、単なるイデオロギー次元での対立ではないことが分かってくる。ここで、上述の対立図式のもつ二つの意味に立ち戻ってみよう。第一の意味では両文化の対立は水平軸上にあり、第二の意味ではそれは垂直軸上にある。垂直軸上で深層にある日本文化を水平軸上の日本文化と等置させる働きをするのは、良心の概念なのだ。夢野は良心のもつ二重の意味を区別しなかったので、この概念を媒介に、深層の現実界に位置する「何か」を表層の象徴的・イデオロギー的レベルにある日本文化へと容易に位相転換させてしまったのである。こうした位相転換により、良心を中核とする日本文化は功利主義が支配する西欧文化と対立させられる。しかし、この対立図式は、昭和のひとけた代以来、日本の知識層においてかなり広まっていた図式であり、その意味でいわば紋切型の図式である。筆者が問題にしたいのは、夢野がいだいていた純粋な生と死への感受性、すなわち現実界への感受性を、こういった紋切型のイデオロギー的・象徴的対立図式へと位相転換させるのが、はたして適切であったかどうか、ということである。

もっとも夢野のナショナリズムは独占資本を利用し利用される国家主義とは異質的である。この国家主義は私有財産制度への批判すら許さない治安維持法を制定し、共産主義やそのシンパサイザーを弾圧するに至った。夢野は父の杉山茂丸から「汝は俺の死後、日本無敵の赤い主義者となるやも計られず」と言われたそうだが（百川『夢野久作』二〇三頁）、それは夢野の民族主義としてのナショナリズムが国家主義へではなく、むしろ「財産を私有する勿れ」（「良心」）と主張した共産主義へと傾斜してゆく可能性を見抜かれていたためであろう。しかし、それにしても、西欧文化に対立するものとしての日本文化へと現実界への感受性を位相転換するのは、やはり当時の紋切型の図式にはまってしまったのではないか、という疑問を、筆者としてはいだかざるをえない。そして、繰り返して言うように、この位相転換にあたり、大きな役割を果たしたのは良心（まごころ）の概念なのである。それは、この概念が「開いたもの」と「閉じたもの」の両面を内包しているからだ。

筆者には、現実界への感受性としての良心を位相転換するのに適しているのは、民族主義よりもコスモポリタニズムであった、と思われる。実際彼の詩の中には、「小さきコスモポリタンの墓とわれ死なば書いてやらんといひし友かな」というのがある（「猟奇歌」の中の「雑詠」『夢野久作著作集』6、葦書房）。彼の小説の中にはしばしば外国人が登場する。それは単なるストーリーの組立ての道具以上の意味をもつようである。彼の小説の世界はしばしば国籍を横断している。作家としての彼はコスモポリタンの位置を占めることも少なくなかった。その作風を代表する傑作として「氷の涯」（一九三三年、『全集』3）を挙げることができよう。

鶴見俊輔の簡潔で的確な解説があるので、これを借りることにしよう。「『氷の涯』は、第一次世界大戦とロシア革命の波にまきこまれた日本の一兵卒の物語である。主人公・上村一等兵は満洲・ハルピンの日本軍司令部につとめ、混乱にまぎれて私財をこやす将校と御用商人たちの計画にまきこまれる。公金もちにげの罪は、一番位の下の彼にかかってくる。彼は、赤軍と連絡をとっていたかどで処刑される白系露人の娘とともに、白軍占領下のシベリアをさすらうが、軍の公金をもちにげした赤いスパイの名は一つの伝説となって流布し、のがれることはできない。彼は、公金の横領がどのように軍隊を利用しておこなわれたかを遺書にかきのこし、白系露人の娘ニーナと二人で、氷結したシベリアの海をウイスキーをのみながらそりにのって沖にむかって走ってゆく」(『夢野久作と埴谷雄高』深夜叢書社、二〇〇一年、一七—一八頁)。

ここには、象徴的世界の局地化された形態である日本社会から洩れ落ちてゆく主人公とニーナが描かれている。この洩れ落ちた人々が、日本社会にとっての現実界である凍結したシベリアの海へ向かってゆくのである。

夢野の小説にはキチガイ(彼が好む表現を用いるなら)またはキチガイめいた人物がしばしば登場する。そして、現実界への感受性が鋭敏なのは常にこれらの人物なのである。これに対し、正常人においてはこの感受性は鈍い。それゆえ、この感受性をもって人間性を定義するなら、キチガイまたはキチガイめいた人間こそ正常であり、正常人はむしろ異常であるということになるだろう。こういう人間観を視点とする作家にとっては、国籍の違いなどはほとんど問題にならないはずである。それゆえ、このような現実界への感受性をイデオロギー的・象徴的レベルに移し替えるなら、ナショナリズムよりもむしろコスモポリタニズムのほうが適している、と筆者には思えてならない。しかし、彼はみずからをナショナリストとみなしていたのか、それともコスモポリタンとみなしていたのかをはっきりさせないまま、四十七年の生涯を終えた。

島尾敏雄——不安の文学

なぜ島尾敏雄（一九一七—一九八六年）なのか。きっかけは『「死の棘」日記』（新潮社、二〇〇五年）を手に取ったことにある。この『日記』は雑誌『新潮』に数年前二期にわたって掲載されたが、今回単行本として刊行された。本書をどうして読もうと思い立ったかというと、かつて講談社本の『死の棘』（一九六〇年）を読み、短いエッセイを書いたことがあったからである。(1) 筆者はその中で神経を病む妻に対する夫＝主人公の絶対的な自己放棄は、何か宗教的なものを思わせる、という意味のことを書いた。この絶対的な自己放棄は普通の病妻ものには見られない独特のものであった。それがどこからくるのかが気になっていたが、今日までその探索を放棄していた。『「死の棘」日記』を手に取ったのは、ひょっとしたらこの探索を始めることができるかもしれない、と思ったからである。そこで『日記』を手始めにこれまで僅かしか読んでいなかった彼の作品の大部分を通読する次第となった。それと共に吉本隆明、奥

(1)「島尾敏雄『死の棘』」『明治百年・本から見た日本人の宗教』共同通信社、一九六七年。のちに拙著『仮構の感動——人間学の探求』筑摩書房、一九九〇年に所収。

野健男、森川達也などの島尾敏雄論にも目を通した。以下は絶対的な自己放棄だけではなく、島尾文学の他の諸特徴を、相互連関的にとらえようとする試みである。

Ⅰ　島尾文学の諸特徴

(1) 不安

島尾文学の特徴として多くの評者はいろいろのものを挙げているが、誰もが共通して挙げているのは「不安」であるように、筆者には思えた。それが目立った特徴であると言う埴谷雄高のような人もいる。彼の文学作品をいくつかのジャンルに分ける評者が多いが、これらの意見を総合すると、夢幻もの、病妻もの、戦争もの、紀行もの、日記もの、の五つを挙げることができると思う。一つの作品の中にこれらのジャンルが混在している場合も少なくない。紀行ものでは不安の要素が比較的に稀薄だが、大体において彼の作品に接する読者は作者の不安な気分に引き込まれてゆく。

日常的に不安と呼ばれているものにはいろいろの対象がある。それらは島尾の作品にもしるされている。死への不安、病いへの不安、物質的・精神的な生活崩壊への不安、自分だけではなく家族もそれらに襲われることへの不安、世間への不安、旅への不安、地震や台風への不安、そして何よりも彼に特有の資質と言われる不気味なものへの不安。不気味なものへの不安についてはすぐあとで詳述するが、この不気味なものが島尾の場合ほど強い具象性を伴って出現することは珍しい。そこに彼の特異性がある。しかし、それほど具象性を伴わない対象に、人が漠然とした不安を感じ不気味さを覚えることはまれではない。そしてこの種の不安は、その他のさまざまの不安の深部に潜んでいるのである。たとえば、それは高所恐怖と呼ばれているものの中にも潜んでいる。この深部に潜んでいる不安が、それ以外の不安の中で占めている割合は、それぞれの不安によって異なる。しかし、程度の差はあれそれはこれらの不安の中に潜んでいるのだ。それゆえ、不気味なものへの不安は不安の基本形態と言えるのである。

不気味なものは不意に出現する。

以下にそれの突然の襲来を記述しているテキストを集めてみた。長々と続く引用なので、読者を退屈させるのではないかと恐れながらの引用である。あえてそれを行ったのは、不気味なもののこれほど豊富な記述は島尾以外に誰も試みなかったからである。これらの記述は貴重な証言として症例研究にも役立つことだろう。その価値もあると思ったので、この引用にかなりのスペースを与えることにした。

友人と二人、当てのない小旅行を試み、立ち寄った宿でのこと。

「視線の向った所の柱が、もぞもぞしたような錯覚を気にしていると、木目の間からぷっとどろりとしたものがふき出して来てたれ下り流れかけたまま、凝結して、動かなくなった。

〔改行〕おや何だろう。僕は瞳をこらしてそれを凝視した。丁度鶏肉の塊のようなものが、柱にへばりついていたのだ。〔中略〕僕は自分の肉体の要素が分解し、どんな注射を打っても蘇生しないもどかしさを分裂身が感じ、魂だけが行く所を失い彷徨しなければならない運命を宣告されようとしているように思ったのだ。〔改行〕諾ってはいけない。否定しろ。否定しろ。先程の嘔吐を止めたように、否定し続けて、この夜を経過しなければならない。然し何という胸の悪いにがさであることか。中毒症状が眼の縁にまで現われて来て、而も何故生存に執着しなければならないかにふと考え及んで来て、僕は又ぷつっと涙がふき出して来たのであった」(「宿定め」初出一九五〇年、『島尾敏雄全集』3、晶文社[2])。

このどろりとした不気味なものの意志に反しての到来は〈僕〉にとって耐え難い。それに耐えてまでどうして生存してゆかなければならないのか。〈僕〉は落涙する。涙が出るほどのこのつらさは難解である。どうしてそんなにつらいのか、読者にはよく分からない。しかし、〈僕〉が酷く苦しんでいることは読者にも分かる。読者は〈僕〉がこのような不気味なものの到来に怯えながら生きていると想像することもできる。この怯えが不気味なものへの不安である。

不気味なものは普通の無機的または有機的自然の形をとって現れることもある。

「すき徹って見えるのに、水の色は黒く思えた。黒い熔岩の砕粉が溶解しているのかも分らない。明らかに鉱物質の硬さが水の表面にまで現われていて、人間が長くそこに佇んでいると、一種の中毒の症状を現出しそうな底気味の悪さがただよっていた」(「亀甲の裂け目」一九五二年、『全集』4)。

これらのテキストはいずれも現《うつつ》の中で現れる夢幻的なものだが、もちろん夢そのものの場合もある。

「茎の中程　まがって骨が見える　粘液が手につく」(『記夢志』一九七三年、『全集』11、九一頁)。

「どの鳥かが呑みこんでしまったのではないか、とよくよく見るが、嘴を動かしているものは一羽も居ない。みんな止まり木に止まってじっとしている」(『夢日記』一九七三―一九七六、一九七八年、『全集』11、三二三頁)。

「朽ちかけた太い枝々の先に、鴉がくちばしを一ぱい広げて喰いついているのが見えた。それをもっとよく見ようとして目をみはると、それも一羽だけでなしに、どの枝の先にも、そのようにくちばしを一ぱい広げてがっぷり枝先に喰いついた鴉がうようよしていた」(「夢の中での日常」一九四八年、『全集』2)。この場合は現《うつつ》の世界の出来事ではあるが、白昼夢のようでもある。

この鳥たちはS・フロイトの症例に出てくる狼男の中の狼たちを思わせる。

(2)　以下『全集』と略称するのは、この晶文社版(一九八〇―一九八三年)である。

不気味なものはまた生きものの形で出現することもある。

「ぱさっ、と私の左肩の所に何か落ちて来たように思った。殆んどききとれない程のかすかな音であったのに、私は不意打ちに逢って筋肉が収縮する程に驚いた。網膜の中を黒い翼がふわっと一はばたきしたような驚きであった。ぎくっと私は首を肩の方に廻して、そこを見た」（「アスファルトと蜘蛛の子ら」一九四九年、『全集』3）。

「私はかつての夏の海辺で、一片の肉の襞に過ぎない小動物を見たことがあった。そしてその無気味な印象を忘れることが出来ない。そんな小動物が、まるで無限への広がりを知っている具合に肉を動かして、その単純な肉の襞の間から、驚く程多量の紫の液汁を出していたのを見た」（「徳之島航海記」一九四八年、『全集』2）。

「八つ裂きにされたむかでの足の一本が、こぶらはぎのあたりにしっかりくっついていて、そこがへんに痛がゆい。そしてその一本の足が、生きているもののようにぴくぴくしているではないか。〔中略〕あわてて、坐っていたあたりをよく見廻すと、ばらばらにされたむかでの一本一本の足が、ゆらゆら節足をゆすって、歩いている。その方向が、どうもぼくのからだらしいので、更に眼をこらしてみると、居るわ、居るわ。足から、腕から、腹のあたりにかけて、いつのまにはい上ったのか、むかでの足がいっぱい吸いついている。〔改行〕からだ中、いぼいぼができるほど、ぼくはまっ青になった。〔改行〕それが、一本一本、だにのようにしっかり食いついているから、からだをゆすったり、払い落としたりする位ではとれない。〔中略〕へその方をのぞいてみると、繊維に足をとられたりしているのやら、既にへその中に食いついているのもある。〔改行〕「わあっ」と叫び出したいのを、男がいる手前ぐっとこらえると、青くなった気持が逆流して、毛穴がふくれ上ってきた」(「むかで」一九五四年、『全集』5)。

もう一つ、夢の例を挙げておこう。

「炬燵のふとんをかかげると、中にごみがかなりある。二匹ばかり虫も居る。一匹はやもりの感じ。とかげかな。悪いにおいがする」。妻がその二匹を新聞紙に包み、外に捨ててきてほしいと言う。息子と共に外に出て、路上の石を掘り起こし、その穴に包み紙を押し込む(『夢日記』、『全集』11、二〇三頁)。

不気味なものは身体の内部にも出現する。皮膚や内臓に異変が起こるのだ。

「私は頭に手をやって見た。すると私の頭にはうすいカルシウム煎餅のような大きな瘡が一面にはびこっていた。私はぞっとして、頭の血が一ぺんに何処か中心の方に冷却して引込んで行くようないやな感触に襲われた。私はその瘡をはがしてみた。すると簡単にはがれた。〔中略〕手を休めると、きのこのようにかさが生えて来た。私は人間を放棄するのではないかという変な気持の中で、頭の瘡をかきむしった。すると同時に猛烈な腹痛が起った。〔中略〕私は思い切って右手を胃袋の中につっ込んだ。そして左手で頭をぼりぼりひっかきながら、右手でぐいぐい腹の中のものをえぐり出そうとした。私は胃の底に核のようなものが頑強に密着しているのを右手に感じた。それでそれを一所懸命に引っぱった。すると何とした事だ。その核を頂点にして、私の肉体がずるずると引上げられて来たのだ。私はもう、やけくそで引っぱり続けた。そしてその揚句に私は足袋を裏返しにするように、私自身の身体が裏返しになってしまったことを感じた。〔中略〕私の外観はいかのようにのっぺり、透き徹って見えた。そして私は、さらさらと清い流れの中に沈んでいることを知った」(「夢の中での日常」)。

「巳一は面白い夢を見始めた。〔改行〕美しい溪流の川石の上にこごまりながら、胃腸を腹の中からつかみ出して流れの中につけて洗っているのだ。胃や腸のひだにこびりついていた石塊状の不快な物体をこそぎ落すと、胸元がすっとして来て、何故早くこのことに気がつかなかったのかと思った」(「兆」一九五二年、『全集』4)。

もう一つ、眼華という非日常的な幻覚を挙げておこう。しかし、これを不気味なもののカテゴリーの中に入れてよいかどうか、筆者はためらっている。

「世の中のあらゆることが彼には不得手に思えた。ただ一つ、彼に微笑んで見せる世界が残されているように思えたのは、それは彼の持病の発作の起る時だ。それに彼は眼華という名前をつける。その経過が彼には手に取るように分る。先ず机の端か何かにひっかかってよろめくようなことがあったとする。そんな時に突然それの端緒が始まった。来たな、と思う。視界の、というより視覚の斜の上のあたりで盲点の部分がふわっと現われる。そこに物の貌はうつらない。飴がとけて流れたような具合に。それが次第に生きもののくらげのような活動をはじめる。しばらくするとそのくらげのようなものが数を殖やして来る。やがてくらげが一ぱいになる。くらげが一ぱい動き出す。ふわっふわっと動き出す。そのうちの一つが落下傘のように斜めに下降し出して、ある処に来ると、ぱっと消える。と又もとの高い位置に次の下降を始めるくらげが現われていて、前のもののように斜に下降をし始める。前のものが消えた所に来ると、ぱっと消える。そのくらげの所だけ物の貌がえぐり取られて消えている」(「唐草」一九四九年、『全集』3)。

眼華は〈彼〉に言わせれば持病らしい。それは島尾の別のテキストの中にもう一度出てくる。(3) 吉本隆明は眼華という言葉は夏目漱石のある漢詩から取ってきたのではないかと推測している。吉本が知人の精神病理学者に島尾のテキストを示して判断を求めたところ、エピレプシー(癲癇)の症状であろうということだった(吉本隆明『島尾敏雄』筑摩叢書、一九九〇年、一八九—一九〇頁)。

眼華は不気味なものの一種なのだろうか。筆者には証拠も確信もないが、どうもそうではないような気がする。その理由はこうだ。第一に、眼華はかなり体質的なものであるようだし、そうでなくても一時の生理的状態に左右されているようだからであり、第二に、〈彼〉=島尾にとって眼華はおぞましいものではなく、むしろやすらぎを与えるものだからである。第二の

(3) 二時間ほどの講演のあと、疲労した島尾は眼華を見た(『日の移ろい』一九七二—一九七六年、『全集』10、四六頁)。

理由についてはコメントが必要だろう。確かに、不気味なものも一面においては主体を魅きつける力をもっている。しかし、それはやすらぎを与えるもの、「微笑」みかけるものではない。そうは言っても、眼華は不気味なものと無関係であるとは思えない。関係はありそうである。しかし、それがどんな関係であるかを、筆者は説明することができない。

(2) 夢か現《うつつ》か

島尾文学の特徴の一つは夢と現《うつつ》が相互に浸透し、その境界が定かではない、という点にある。彼の小説の中には夢がそのまま小説の素材として用いられている場合が少なくない。たとえば、「接触」(一九六七年、『全集』6)がそうである。おくれて刊行された『記夢志』(一九七三年)の中に、学生が授業中アンパンを食べ、規則によって死刑に処せられる夢が詳細にしるされている(『全集』11、一〇〇—一〇一頁)。「接触」のモティーフと気分、そしてその描写のかなりの部分までがこの夢に依拠している。島尾にとって、小説は夢と現《うつつ》(彼が日常と呼ぶもの)が交錯する領域なのだ。小説の中で夢が占める部分は大きい場合もあるし、小さい場合もある。だが、夢幻ものが島尾文学の一つの特徴であるのは、夢の部分の多少よりも、現《うつつ》の世界に夢を思わせる部分が、夢と現《うつつ》の境界を越えて容易に浸透してくる点にある。そしてこの特徴は一九五四、五五年頃まで(妻のミホの神経症の発作が始まる頃まで)の小説において特に顕著である。高名な「夢の中での日常」(一九四八年)はその一例に過ぎない。

一九五四、五五年頃以降の作品においてはこの境界侵犯の程度は減少するが、「接触」がそうであるように、夢幻の要素は作品の中に絶えることなく存続する。

島尾が夢のモティーフと夢の気分を好んで作品の中に導入するのはなぜか。それは彼にとって夢はあぶくのような付加物、現《うつつ》は確固とした実体という区別が、普通の人の場合のようにはっきりしていないからである。そしてさらにもう一つ、彼にとって夢のほうが現《うつつ》よりも、強いリアリティをもって迫ってくるからでもある。

島尾は次のように書いている。「書く方の姿勢を言えば、一方の資料は意識の世界の中から、他方は意識下のものが夢などを通してほんのわずかのぞかせた端っこをつかまえて引出せるようなものの中から借りてくるが、それは時の経過をあいだに置けば、その区別もたしかなものではなくなってくる。私の感受の中ではお互いに感応し合って一方から他方を引きはなすことが困難になり、その度合の強いものだけが私の小説の中の真実となる」(「わが小説」一九六二年、『全集』14)。このテキストを対馬勝淑は次のように分かりやすく敷衍している。現実は確かに経験したことも、夢で見た(経験した)に過ぎないことも、記憶の世界に取り込まれてしまうとたちまち霧に包まれてしまう。この霧は、つい先日のことでもぼんやりとかすませてしまうかと思えば、はるか以前のことでも鮮明に浮かび上がらせたりもする。ましてや現実に体験したこととそうでないこととの境界線など、すっかり曖昧にしてしまう。時が経過し霧が深くなればなるほどそうなる(対馬勝淑『島尾敏雄論——日常的非日常の文学』海風社、一九九〇年、一五六頁)。つまり「時がたてば、眼覚めていた時の経験と、夢の中の経験を、どちらがどう、と区別することが余計なことのようにさえ思え」るのである(「夢について」初出未確認、『全集』13)。

確かに、遠く離れるにつれ、夢と現《うつつ》との区別がぼやけてゆくのは、程度の差はあれ誰にとってもよくあることだ。しかし、普通の人は夢と現《うつつ》とを区別する言語の作用、象徴の働きにこだわる。あれは夢であって現《うつつ》ではなかった、という側面を強く意識する。島尾の場合も、もちろんこの意識が欠落しているわけではないだろう。ただ、彼の場合は夢と現《うつつ》の境界がぼやける側面に強い関心が向けられるのだ。そして、この境界の曖昧性の経験を彼の小説の根底に置くのである。たとえば、彼が特攻隊の隊長として奄美群島加計呂麻《カケロマ》島呑《ノミ》之浦に赴任した当時(一九四四―一九四五年)の経験を書いた「闘いへの怖れ」(一九五五年、『全集』5)は「すべてが、あの青く冷いそして厚みのない夢のようだと思えないでもない」から始められている。

島尾にとってはまた、夢は現《うつつ》と区別し難いだけではなく、夢は現《うつつ》よりもよりリアルであり、みずからしくあることのできる世界なのである。

「夢は無責任なものじゃないかと言われそうな気がしますが、私は必ずしもそうは思えない。夢の中の経験の、あの、でたらめと、冷たさと、そしてその場限りの気品のようなものは、実は、眼覚めている時の、秩序と、熱っぽさと、因縁ごとを、批判しているのだと、私には思われて仕方がありません」(「夢について」)。

「夢の中の現実はたとえどんなに雑然としていても、必ずはっきりしたモチーフがあって、経験をいっそう深いところで解釈してくれた。夢にくらべれば、眼覚めているときの経験は貧しくやせているだけでなく、それを材料としようとすると、どの経験もまるでひらべたくつまらない顔付のものになってしまうようであった」。「夢の中での行動は、無制限に放縦であるわけには行かず、むしろ、透明だが突きやぶれない規矩の壁があるために、たびたびそれにつき当っては内がわにまくれこんで展開しなければならないが、事件の進行や人間のかかわりあいは、いつわりが無くて、すがすがしい。そこではじめて私は一個の個性であり得たのだ」(「小説の素材」一九五九年、『全集』13)。

夢の中だからといって、人は制約なしに動き回れるわけではない。そこでも、現《うつつ》=日常の中でと同様制約がある。しかし、それは他人を過剰に意識せざるをえない世間的な制約ではない。それはいわば物理的な種類の制約である。だから、夢の中では人は「一個の個性」として生きることができるのだ。こうして、島尾は夢の中では現《うつつ》の彼を怯えさせている世間から解放される。「夢、みなさん、夢をどうお考えになりますか。そう、眼覚めのとき、つい今し方まで、自分のからだや心に、まとわりついていたと思えるあの親しげな気分、自分が大きな運命に包まれて、何かを経験していたような気分にさせられる、つかまえようのない不思議な例の夢のことです」と島尾は書く(「夢について」)。夢の中では人は自分の運命を生きることができる。この運命とは世間的な制約ではない。だから、人はその中では「一個の個性」でありうるのだ。

(3) 母性的超自我

島尾文学の中で最も広く読まれたジャンルは、『死の棘』[4]を主要部分とする病妻ものであることは、誰もが認めるだろう。病妻ものとは「主人公がほかに愛人をつくったことから、妻は嫉妬で狂い、家庭は崩壊寸前の状態になる。その経緯をえがいた作品群である」とされている(村松剛の解説『日本の文学』73、中央公論社、一九六八年)。この作品群に対応する作家の生活歴はおよそ次の通りである。一九五四年十月、妻ミホが神経症を発病、一九五五年四月、彼女の病気治療のため江戸川区小岩から千葉県佐倉に居を移す。六月妻に付き添って市川市の国府台病院に入院。そのため、長男の伸三、長女のマヤの二人を奄美大島のミホの親戚に預ける。十月、妻の退院と共に奄美大島の名瀬市に移住する。この間の生活に対応する小説は二つの部分に分かれる。一つは「われ深きふちより」(一九五五年)に始まる九編の「病院もの」、もう一つは「家の中」(一九五九年)に始まる六編の「家庭の事情もの」である。以上から分かるように、病妻ものは一九五五年から一九七六年にかけての約二十年間にわたって書き継がれており、そして、その大部分は一九五九年以降、つまり作家が奄美大島に移ってから五年目以降に書かれている。もちろん、戦争ものも長い期間にわたり書き継がれている。過去の深い体験の記憶を繰り返し反芻することで純粋化し作品化してゆくのがこの作家の特徴である。ただ、戦争ものに比べ病妻ものは反芻の密度がはるかに濃い。それは体験の深さの差異を表しているのかもしれない。

島尾の病妻ものの特徴は、それが夫の悔悛の記録である、という点にある。ある日突然、それまで従順であった妻が逆に夫に苛烈な要求を突きつけ、それに合わせて夫は自我を放棄する。妻のこの突然の変身以前の夫婦関係は、以後の夫婦関係と対比させるために、回想の形で語られてはいる。しかし、このジャンルの作品の大部分は、一進一退を繰り返しながらも自我を放棄する心境に達した夫が、妻の要求を掟として受け入れ、子供を含む家庭の崩壊を不器用ながらくい止めてゆく記録から成っている。

筆者が悔悛と呼ぶこの自我の放棄とはどういうものであるかを明らかにするために、テキストからの引用にかなりのスペースを費やさないわけにはゆかない。

一九五二年三月、トシオは神戸外国語大学助教授の職を辞し、父親の庇護からも離れ、妻子

---

(4) 講談社版(一九六〇年)の短編集『死の棘』は、「家の中」(一九五九年)「離脱」(一九六〇年)「死の棘」(一九六〇年)「治療」(一九五七年)「ねむりなき睡眠」(一九五七年)「家の外で」(一九五九年)を含む。新潮社版(一九七七年)の長編小説『死の棘』は、「離脱」「死の棘」「崖のふち」(一九六〇年)「日は日に」(一九六一年)「流棄」(一九六三年)「日々の例」(一九六三年)「日のちぢまり」(一九六四年)「子と共に」(一九六四年)「過ぎ越し」(一九六五年)「日を繋けて」(一九六七年)「引っ越し」(一九七二年)「入院まで」(一九七六年)を含む。

と共に東京に移る。職業作家として生活してゆくためである。「そのころ夫の心は家の外にあった。昼間は大方眠っていた。眼がさめると外に出かけて行き、もし帰宅するとしたら夜中の一時とか二時とかに終電車でもどってきたが、そのまま泊ってくることも多かった」（「家の中」一九五九年、『全集』５）。彼は外で何をしていたのか。つきあい始めたばかりの文学仲間と、そしてある同人誌のメンバーの一人である女とに出会うためである。それは日本の文士のありふれた生活のパタンであった。彼は留守をしているあいだに妻子に何が起こっているかを絶えず気にしながら、このパタンにのめり込み、ささやかな解放感を享受していた。もっとも、彼が家の外で本当に充足していたわけではなかった。むしろ、彼はそこで孤独な漂泊者としての宿命を生きようとしていたのだ。

一方、ミホは夫を献身的に愛していた。「（昼間ミホはしみじみ、女は夢中になって愛された人の所に行った方が結局は幸福かも分らない、一所懸命愛したということが、ふっとさびしい。この人が身命にかけてただ一人と思って愛した人なのかしら、とぼくを眺めたり）」（『「死の棘」日記』一九五四年十一月三日）。「愛を少しでも失ったと疑問をもつとだめだという、可愛いと言って、とミホはいう」（同上、同年十月十四日）。「朝、本当にミホを愛したのはジュウとアンマ〔お父さんお母さんという意の奄美の言葉〕の二人だけ、ジュウとアンマ迎いに来てください、ジュウとアンマのそばに行きたいとミホ泣く」（同上、同年十月二十五日）。

トシオは学生時代に覚えた放蕩を続けていた。「そこに傾く姿勢がリアリストに見せかけることができると思いこんでいた」。「だが私はみたされたことはない」。「妻の服従を少しもうたがわず、妻は自分の皮膚の一部だとこじつけて思い、自分の弱さと暗い部分を彼女に皺寄せして、それに気づかずにいた。過ぎ去った十年の歳月を妻にさし示されてみれば、私は自分のことばかり考えて悩み、妻はひたすら身を捨てていたことをうたがうことができない」（「離脱」一九六〇年、『全集』8）。

ミホが発病したのは自分への夫の長年の無関心に対する忍耐がついに限界に達したためなのか、それとも夫の日記を読んで彼が外に愛人をつくっていることの確証を得たためなのか。おそらくそのどちらでもあるだろう。長年にわたる忍耐の壁を浮気の発見が一気に瓦解させたのだろう。

妻はいつ帰ってくるか分からない夫を諦めと共に送り出そうとする。「ナス〔ミホ〕は巳一〔トシオ〕の足許にかがみ込んで、ポケットからハンカチを出して巳一の靴をふきはじめた。〔改行〕巳一は崩れた笑い方をして、〔改行〕「何をするんだい、やめてくれ。おれはひとりになりたいんだ」〔改行〕強い語気でそう言うと、ナスを押しのけ、ちょいと蹴るような仕草をした。そしてとにかく外に出てしまおうとしたのだ。〔改行〕ナスはぴょこんと立ち上った。〔改行〕黙って巳一の顔を見つめた。〔改行〕それは瞬間のことであった。〔改行〕急にくるりと背を向けると、うわーっ、と奇声をあげ、ガラス戸をあけて外にとび出そうとした」（「帰巣者の憂鬱」一九五四年、『全集』5）。

ミホの神経症による発作がどのようなものであったかはつまびらかではないが、不眠を訴えたり、酷く頭痛がすると言って自分で頭を叩いたり、研いだばかりの米をぶちまけたり、釜を投げつけたり、ふすまを破ったりしたことが、断片的にしるされている。

発作の前後に、トシオは執拗な尋問と非難に曝される。「女」と一緒にどこへ行ったか、彼女に何をプレゼントしたか、金はいくらやったか、手紙は何通出したか、写真は何枚撮ったか、「女」を喜ばせたか（自分は満足したことはなかった）、日記に「妻、不具」と書いてあったが、あれはどういう意味か、今まで何人の女と交渉をもったかなど（「死の棘」）。そしてつきさすような目でにらみつけ「あなたがねえ」とトシオの顔をまじまじ眺めたりする（「離脱」）。ミホの非難は夫を献身的に愛し、一家四人の生活を心をこめて維持してきたのに、その愛と努力を当然のことのように思い、外に女をつくったりして出歩いている夫の薄情に向けられる。愛と努力は報われなかった。自分は夫にとって女中のような存在に過ぎなかったのではないか。

トシオはいろいろ抗弁を試みるが、それは即座にはね返される。時には弁解しかけると平手打ちを受け、叩き返すともみ合いが始まる。話がもつれてきて、耐えかねたトシオがたんすに突進し、二度三度頭をぶつけることもある。ミホが外出したまま帰ってこないので、鉄道自殺をしたのではないかと探しにいったり、自分が先に死ぬとトシオが玄関のほうに出ようとするのをミホと伸一がつかまえたり、お母さんが死ぬなら自分も一緒に死ぬと伸一が言い、「シミタクナイ」とマヤが言って子供二人が泣き寝入りしたり、夫婦二人で死のうと計画を立てたりする(「死の棘」など)。こうして一家四人は死の崖っぷちにまで追いつめられてゆく。

「妻はかつてない精神のさいなみを味わわなければならなくなった。私への愛着と憎悪の異様な交錯に気も狂わんばかりになった。いやそれは狂気の日々であったといえる。私は妻の苦悶の姿をみて、妻をその地獄から救う力のない自分に絶望した。あのおかしな戦争の日に、死を待つ日々を送っていた特攻隊員のように、私たちは視野と気持の固定された日々を、末すぼまりに送っていた。ちょうど尻尾をかみ合った二匹の蛇のように。これとてもよそ目にはわけの分らぬことに違いない。しかし私たちに死はすぐとなりにきていると思えた」(「地蔵のぬくみ」一九五五年、『葉篇小説集』、『全集』7)。

「よそ目には分らない」。確かにこの窮境から脱するためには妻を離別し、罪のない子供たちをこの狂気の渦から引き離すのが、さしあたっての実際的解決だろう。島尾がなぜこの解決方法を採らなかったのか、理解できない、と評した作家(三島由紀夫)もいた。なぜ離別しようとしなかったのか。それは妻の尋問と非難とが常軌を逸するほど過激であったとしても、自分を背信者、薄情ものと言い立てる妻の判決が、全く正当であることを彼が認めたからである。この判決を受け入れたということ、それは妻が夫の内部の超自我となったことを意味する。

奥野健男は次のように書いている。「妻は作者島尾敏雄の超自我になっているのだ。小説を書く時、妻の目を意識するというような配慮は文学の邪道である。そんな小説作法はないと怒って見てもはじまらない。そもそもこの小説は妻への絶対の愛の絆の証しとして発想されたものであり、この小説に関しては主体がはじめから二人であり、それが合一したところにこの小説の作者がはじめて成立しているのだから」（奥野健男『島尾敏雄』泰流社、一九七七年、九四頁）。

超自我の命令は主体にとって絶対的である。超自我は自我やそれと同じ水準にある他者よりも一段上の審級に属している。主体であるトシオにとってミホの命令が絶対的である以上、彼が実際的な解決方法に訴えようなどといちども考えたことがなかったのは、この方法を採るよう命令するのが自我と同じ水準にある他者だからだ。トシオは超自我であるミホの命令に絶対的な優先権を与える。ただし、この超自我は父性的超自我ではなく母性的超自我なのだが。病める妻に対する夫の絶対的な自己放棄の立場から書かれている点で、島尾の病妻ものは普通の病妻ものに似ていない。さらにその点において、彼の病妻ものは普通の私小説とも似ていないのである。なぜなら、それらは自我の立場、あるいはそれと同じ水準にある他者に協力を得ている自我の立場から書かれているからだ。

発作の勃発を境にして服従する妻は突然命令する妻に変身する。しかし、それに合わせて突然妻が超自我となったわけではない。それは一進一退しながら夫の内部に形成されてゆくのである。当初は妻の尋問と非難に対し、夫は反撃しようとする。「今からおれはおれのやりたいようにやるよ。あーあ、疲れた、疲れた、しーんから疲れてしまった。なにもかも、いやーになった。なんだい、おまえは自分を何さまのつもりでいるんだ」(「流棄」一九六三年、『全集』8)。「むなしき奉仕の姿勢など悪臭を放って感じられる。そして蛇がふと鎌首をもたげるふうに自我のいきぶきが押さえようもなく噴き出て来た」(「のがれ行くこころ」一九五五年、『全集』7)。

「私と妻は位置が転倒してしまった」が、この「新しい位置に私はまだなれない」。「それまで私を覆っていた灰色の気分が甘ったれた乳のように思いかえされる」ので、私はこの新しい「状態に、すぐ同化してよいものかどうかとまどっている。自分の宿命をきまじめにころがして行った方向の軌道からとびのいて、そのとき手放した宿命が遠のいて行くのを見過ごすことにひりひりした痛みがある。宿命がうしろ向きになって裏切り裏切りと口をゆがめてわめいている」(「離脱」)。「手放した宿命」とは孤独な漂泊者として生きる宿命である。それは自我がこれまで選び取ってきた宿命であり、変身した妻＝母性的超自我の命令に服従しようとする主人公を裏切り者と責め立てるのだ。一方、母性的超自我は主人公に対し、「自我を棄ててひたすら私を愛しなさい」と命じるのである。

自己放棄へ向かっての一進一退の「進」の段階において、夫は日記に次のようにしるす。「総てをミホの意に添いたい、如何なる事でも総て……」(『「死の棘」日記』一九五五年六月十七日)。次は入院中の日記。「ミホから顔面足蹴を受く。至上命令、敏雄事の如何を問わずミホの命令に一生涯服従す。如何なることがあっても厳守する」(同上、同年八月十九日)。妻への夫の絶対的な恭順をもたらした要因の中には、妻の広い意味での暴力への恐怖があったことは確かだ。彼女は夫の過去の行為を責め抜き、自分の発作で夫をおびやかし、さらには自殺するとおどし（おどしのつもりはないとしても）、家庭崩壊の危機に夫を直面させた。夫の妻への絶対的な恭順は、強い妻のこの暴力に対する弱い夫の切羽詰まった防衛策であるとも見える。それが防衛策であるならば、ミホはトシオにとって単なる恐怖の対象であるにとどまる。しかし、トシオはミホの「愛せよ」という命令に正当性を認めたからこそ彼女に恭順の態度をもって服従することを決意したのだ。この承認は彼女が彼にとって道徳的権威（超自我）であることを意味する。権威はすべて主体に尊敬と恐怖の両方の感情を引き起こす。だから、ミホがトシオを怖れさせたとしても、そのことから彼女が彼にとって道徳的権威ではない、ということにはならない。ただ、尊敬に対する恐怖の比率が増大するにつれ、権威（authority）は権力（power）に近づいてゆく。

妻が「発作の中」で「もうひとりの別の人格になってしまっている」（「のがれ行くこころ」）と夫が思った当初は、夫は圧倒的な恐怖の感情に襲われた。妻に対する尊敬の感情が深まってゆくにつれ、彼女は夫にとっての道徳的権威になってゆくのである。「せっかくおさまっている妻の反応が、〔中略〕再発しはじめはしないか。そういうとき私には私の精神を支えてくれる一つの言葉があった。それは誰の言葉のなかにあったのだったか、多分ドイツの誰かの童話のなかにあった。「おばあさんのすることに間違いはない」、その言葉は私にとって一つの啓示であり、なぐさめであった。私にとっては「ミホのすることに間違いはない」のであった。〔中略〕ミホのすることは間違いがない、ということが私たち家族の生活の基準となった」（「妻への祈り・補遺」一九五八年、『全集』13）。このテキストは尊敬が恐怖にほとんど打ち勝っている段階を示している。ミホは夫にとって言葉の十分な意味での道徳的権威すなわち主体に掟を課する超自我となっているのだ。

ミホがトシオにとって普通の他者ではなく一段上の水準にある他者であるなら、三人が演じた修羅場においてトシオが一方的に、「女」のではなくミホの肩をもったとしても不思議ではない。ある夜、佐倉の家に「女」がグループ一同からの見舞金をもって訪ねてくる。ミホは、いい加減な口実をつくって私たちを脅迫しにきたのだ、私の気違いぶりを見にきたのだ、と言って怪しくたかぶる。「女」が浮腰になると、ミホはトシオに、逃がすなと言い、続いて「女」を殴れ、と求めるので、彼は「女」の頬を叩き、弱い、もう一ぺん、と言われて、もう一度平手打ちをする。ミホは「女」をつかまえて部屋の奥に引っ張ってゆき、壁ぎわに押しつけると、髪の毛をつかみ、その頭を力いっぱい壁にぶつけ始める。「女」は痛い、痛い、助けて、とトシオに訴える。すきを見て「女」が庭に逃げると、ミホの命じるままにトシオは門の鍵をかける。ミホは「女」を倒し、地面にその顔をこすりつける。ミホがその首をしめつけたらしく、「女」は苦しい、助けて、と訴える。「女」が黙って突っ立っているトシオに、よく見て、あなたは二人の女を見殺しにするつもりなのね、と言うと、ミホは狂ったように何度も「女」

の頭を地面に叩きつけた。「女」が悲鳴をあげ、両足をつっぱり反撃に出た。ミホが、こいつの足をしっかり押さえてちょうだい、まさかこいつの味方をするんじゃないでしょうね、と言うので、トシオはやましい気がしながら妻の意に添うため、からだをかぶせて両足を押さえる。しかし彼はふれてはならないものにふれる時の快感をどうしようもない。スカートもパンティーも脱がしてしまおう、とミホが言うので、トシオはその気になり、「女」の腰に手を伸ばすと、思い切り蹴飛ばされる。立ち上がった「女」をミホに叱咤されてもう一度転がし、片足を持たされ、もう一方を持ったミホと二人で二、三メートル地面を引きずる。ミホは「女」を地面に据えつけ、殺してやる、と言う。「助けて」とか「人殺し」と叫ぶ「女」の声を聞きつけてか、隣人の通報で警察官が現れ、この修羅場は終わる（「日を繋けて」一九六七年、『全集』8）。

以上は日常生活ではめったに見られない暴力シーンが、それに参加した話者の内面の揺らぎを通して記述されたテキストの要約である。このテキストは恐ろしいほどの迫力と、そしてまた島尾に独特の種類の喜劇的効果とを伴っている。だがそのまま引用すると、スペースをとり過ぎるので要約にとどめなければならなかった。「女」や警官たちが引きあげたあと、夫婦は世間から切り離された孤独を感じながら語り合う。トシオは留置場に入れられるかもしれないと怯えるミホを幼女に対しているように慰める。一方、彼は味方はしてくれたけれども一緒になって「女」をやっつけなかった、というミホの非難をかわそうとして、饒舌になっている自分の虚しさを感じる。味方はしたけれども、その後味はすっきりしたものではなかった。しかし、トシオが「女」のではなくミホの肩をもったのは、ミホが普通の他者ではなく水準が一段上の超自我であったからだ。

妻の肩をもつ夫に異常を感じる読者も少なくないだろう。その一人である吉本隆明は、島尾との対談において次のように疑問を投じている。

吉本　〔中略〕そういう場面が出現した場合に、ごく普通の理解でいきますれば、大体自分により親しいものを制止して、より親しくないものを「逃げろ逃げろ」というようにいくというのが普通ならばそういう倫理になりますね（笑）。それが、島尾さんの場合は非常に、たとえばそういうところはものすごくなんと言ったらいいんでしょうか、普通と違うわけですよ。ぼくはそう思うのですよ。

島尾　いや、ぼくは非常にあたり前のように思うのでね。

（吉本『島尾敏雄』二八九頁。なお、二二七―二二九頁も参照）

繰り返して言えば、トシオにとって「女」は普通の水準の他者であるのに対し、ミホは一段上の水準の他者である超自我なのだから、彼女の命令を優先するのは、彼にとっては「あたり前」なのである。問題の状況における二人の女が、一方が遠い愛人、他方が近い妻であるとしても、両方とも同じ水準の他者であるならば吉本の言うように普通の倫理が作用してくるだろう。だが、ミホはトシオにとって普通の他者ではなかったのだ。

吉本が漱石の小説との比較において、島尾の家庭小説には三角関係の意識はなく、いつも二角関係しかない、と言う時（上記対談）、彼は島尾の家庭小説を成り立たせている根底にふれている。その根底とは自我の超自我との関係である。

(4) 死の先取り

島尾の戦争もののすべては、すぐ近くに迫っている死を常に念頭に置いた主体の観点からの生の経験の記述だ、と言っても過言ではなかろう。島尾は一九四四年十一月、第一八震洋隊（隊員一八三名）の指揮官として奄美群島加計呂麻島呑之浦に赴任し、基地を設営して出撃を待つ。この隊の任務は一人乗りの艇に爆薬を積み、敵艦に体当たりする自爆である。発進命令が下ればこの特攻隊員たちはまもなく確実に命を失う。一九四五年八月十三日、司令官から出撃待機の信令を受け取ったが、その後発進の合図はなく、敗戦を迎えた。

島尾は他の同世代の青年と同様、軍隊に入れば死へ一歩近づくと思っていたことだろう。だが、特攻隊の隊長として赴任して以来、死は目前に迫ってきた。「重なり過ぎ去った日は、一つの目的のために準備され、生きてもどることの考えられない突入が、その最後の目的として与えられていた。それがまぬかれぬ運命と思い、その状態に合わせて行くための試みが日々を支えていた」（「出発は遂に訪れず」一九六二年、『全集』６）。「全く奇妙な生活もあったものだ。〔中略〕ぼくたちは生命を売り渡し、死は決定していた。それをそれ程も不思議と思わないでいた。むしろそれこそ自分で選んだ栄光の道と思っていたくらいだ。〔改行〕今日か明日にも命令が下るか、或いは一箇月もあとになるか。どちらにしても他人の決断によるその命令が下れば、万事休す。敵の艦船にぶつかって、艇もろとも爆発するために〔中略〕呑ノ浦の入江を出て行かなければならない。〔改行〕その怖ろしい瞬間のことを考えると身も世もない怯懦な気持に身内をさいなまれる思いがした。しかしもう逃れることはできない。戦争が何かのかたちで終らない限り、その怖ろしい瞬間は必ずやってくる。そこから逃れることなど思いもつかぬその暗闇に、頭をぶつけ突っ込んで行き、あとじさりしてみることなど気もつかずにいた」。「次第にその最後の日が近づいてきたことが感じられはじめた。〔中略〕ぼくは食欲がなくなり、逆にひたすらその最後の瞬間が早く来た方がよいとさえ思いはじめた」（「闘いへの怖れ」）。

近いうちにやってくる死を前提にし、それに合わせて生きること、そして死の接近に伴い、恐怖のため、いっそその瞬間が早くくればよい、と願うこと。これらはこうした状況に置かれた人間にはありがちな心理だ、と言う人もいるかもしれない。確かに、そうも言えるが、しかし、気になる点が残る。それは、島尾がこの状況において生き残る方法を空想すらしていない点だ。彼自身も上に引用したテキストの中で、死から「あとじさりしてみることなど気もつかずにいた」と書いている。たいがいの人は、そのような怖ろしい死から逃れるために、たとえば脱走というようなことを空想くらいしてみるのではなかろうか。脱走が実現不可能であることにすぐに思い至るとしても、である。島尾の戦争ものの中には、死の恐怖は語られているけれども死への抵抗を表すようなテキストは見当たらない。死への抵抗は生への執着であるとも言える。たいがいの人は、こうした執着を後悔という形で感じることが多いだろう。たとえば、特攻隊を志願したこと、陸軍の兵隊になるよりも死ぬ確率が高い海軍の予備学生への道を選んだこと、こういった後悔は彼には全くない。生への執着のこの欠如は、いさぎよいと言えるかもしれない。しかし、この欠如は死にすっかり魅入られている、とも考えられる。彼は死という絶対的な他性を全く受動的に受け入れているのではなかろうか。

幼年の頃「私を襲いはじめた恐怖は、人はどうしても死ななければならないことに気付いたことだ」と後年の彼はしるしている。「それは父や母やそして弟妹たちが深い寝息をたてている真夜中に寝そびれて苦しんでいる私の方に動かしがたい真実の顔付をして攻めてくる。誰に助けを求めることもできず、生との線を越えてそちらに行けばそこには何もない〔中略〕死が、底知れぬ深い暗さを擁して口をあけていることが、むしょうにおそろしいことに思えた」。「通いはじめたプロテスタントの日曜学校では、世の終りの日に人間を焼き殺すために地球に近づいてくる太陽の熱のはかり知れぬ度合いを想像する新たな感覚の恐怖が加わった。〔中略〕近づいているものなら早く近づいてきた方がいいと思った」（「死をおそれて――文学を志す人びとへ」一九六二年、『全集』14）。

絶対的な他性である死への恐怖は、誰もに程度の差はあれ共通する経験ではある。しかし、島尾の場合、死があまりにも怖ろしいためであろうか、その死の早まることをむしろ待望するという特有の傾向が見られる。

島尾は九州大学在学当時、昭和一九年の徴兵検査で第三乙種合格となりながら、海軍予備学生を志願する。甲種と第一乙種は現役、第二乙種以下は補充兵だが、第二乙種は現役とほとんど同じですぐに入隊となる。第三乙種は召集がくるまでは市民生活を送ることができる。召集がいつくるか分からないのでサスペンスの状態に置かれるが、少なくともすぐにではない。そして好運に恵まれれば、戦局しだいでいつまでも召集令状がこない可能性もないわけではない。島尾よりも学年期で四年おくれの筆者も、昭和一九年の検査で第三乙種となり、彼と同じ状況に置かれていた。それゆえ、第三乙種であった島尾が海軍予備学生を志願したのは、生き残る可能性の大小の観点から見ると、かなり思い切りがよい決断であったと筆者には思える。彼は学友たちが志願した、と言っているが、彼らは多分第二乙種以上で、志願しなければ一兵卒として陸軍に入れられることになるから、それくらいなら志願しよう、という気になるのは不思議ではない。しかし、第三乙種である島尾が志願したのは、当時の普通の学生の目から見れば、やや特異な選択であった、と言ってもよいだろう。

筆者が昭和二〇年の初頭に召集を受けて陸軍の軍隊に入隊した頃、「腰の軍刀にしがみつき」はするが、「女は乗せない戦さ船」だの、「知らずや海軍予備学生」などといった文句が入った替え歌がはやっていた。海軍予備学生をヒーロー視する雰囲気が島尾が志願した頃にはすでに広がっていたことは確かである。しかし、島尾がこのような「男らしさ」に引かれて志願したとはとうてい思えない。彼が「男らしさ」に憧れたり、さらには軍国青年であったりしたことは、彼のテキストにいちどもしるされていない。彼は柔弱な文学青年であった。士官になってからも、部下や住民に対して士気や愛国心を鼓吹・鼓舞するような言動は一切見られない。

それでは、彼の志願の動機は何だったのだろうか。彼は「そうすることによって、いくらかでも集団性のうすまった軍隊生活ができると錯覚したから」だと当時を振り返っている。そういうわけで、彼は飛行科に願書を出した。「たぶん二人乗り戦闘機などという未熟なイメージが頭をよぎった」ためである。だが、第三乙種では飛行科は無理で一般兵科へ回された。それでも予備学生は「同階級の者たちだけの集りで、階級のまざり合った一般軍隊生活よりはずっと、それまで経験していた学生生活に似たようなところが」あったが、一日中ほとんど立ったままで、就寝直前の僅かな時間しか休息は与えられなかった（「キャラメル事件——わが軍隊生活」一九六三年、『全集』14）。つまり、その生活は一般の軍隊生活よりも楽そう、という当てが外れたわけである。しかし、彼が予備学生を志望したのは単に楽をしたかっただけでないことは明らかだ。彼はまず飛行科に願書を出しているからだ。陸軍の一兵卒であるよりも海軍の士官であるほうが、戦死する確率が高い。そのことは当時の入隊前の青年の共通の認識であった。それなのに、彼は予備学生を志願し、しかも最も戦死の確率の高い飛行科に願書を出している。さらにそのうえ、彼は一定の訓練のあと、いくつかのグループに分けられる時、特攻隊を志願した。彼の仲間たちのすべてがそうした、と彼は書いている。しかし、そうでない選択も、特別の不利益をこうむることなく可能であったのだ。

これらの選択を通してうかがわれるのは、死をあえて先取りする態度である。当時のインテリ青年のかなりの部分に徴兵を忌避する気分が広がっていた。中にはわざとからだを壊して現役入隊を避けようとする者もいた。島尾は彼らとは逆に第三乙種と判定されたにもかかわらず、海軍予備学生を志願したのである。彼が軍国青年、愛国青年でなかったことは明らかだから、その動機は別に求められなければならない。筆者はそれを島尾の次のような傾向に根ざしていると考える。怖ろしい死は避け難いものである以上、逆らうことなくそれを受け入れる。人間主体にとって絶対的他性である死への受動性こそ、島尾のパーソナリティの一特性であると言えるだろう。この受動性は死の従容とした受容という言葉で表されるような悟りの境地を意味するものではない。こういった言葉から想像されるような生死一如といった達観は島尾には全く見られない。彼にとって死はどこまでも他性であり、恐怖の対象である。死はあまりにも怖ろしいからこそ彼は死を受け入れようとするのである。

死への怖れにもかかわらず、あるいはそれゆえに死を受容した島尾隊長は、近づく死を先取りして島での日々の生活を送った。死の受容は人をヘーゲルの言う「主人」(「奴隷」に対する)とすることにより、彼に一種の威光を授ける。彼が基地周辺の部落の住民にとって、単なる隊長以上の存在に見えたのは、そのためもあったに違いない。もちろん、彼は威張ったりすることなく、気軽に住民に接し、また彼のその個性に合わせて部下たちも折り目正しかった。住民たちは最初は特攻隊が来たということで怯えていたが、すぐにそのイメージとは全く異なった隊長を見いだした。島尾ミホの思い出によれば、当時「あれみよ島尾隊長は人情深くて豪傑で……あなたの為ならよろこんでみんなの命を捧げます」という歌がはやったという(奥野『島尾敏雄』七二頁)。

部落の長の娘であり、小学校の教師をしていたミホが隊長に強く引かれたのは、その当時の隊長には死を覚悟していた人の威光が備わっていたためだ、と筆者には思われる。隊長のほうもミホに出逢うために夜間、毎日のように長い距離を厭わず、彼女の許を訪れたが、それは残り少ない生を前提にしたうえでの生の燃焼であったのだろう。ミホのほうも、隊長が死ぬ時は自分も死ぬつもりでいた。二人の恋愛は死の影に覆われているがゆえに、それだけ烈しく燃え上がった、と言えよう。

戦後、結婚した二人の関係には大きな変化が起こる。夫はもはや死を前提にして生きるのではなく、日常生活を支えるために生きることになる。彼は小説書きの生活を続けるために、教師のアルバイトをする一方、文学仲間とつきあう。妻は自然に恵まれた島の生活から切り離されると共に、夫の仕事の世界からも切り離された都会の専業主婦となる。こうして十年たつうちに妻の神経に狂いが生じた。「主人」の威光を背負ったかつての恋人はどこへいったのか。

その面影を求めて彼女は「タイチョウサンニアイタイ」と叫ぶのである。

(5) 少女と異郷への郷愁

島尾の小説やエッセイを読むと、彼の少女への強い関心に気づく読者が多いだろう。神戸に住んでいた頃の回想をもとにしていると思われるが、島尾は次のように書いている。「私の前を二人の小学生の女の子が歩いて行くのを認めました。〔改行〕一人は日本人でありもう一人は日本人ではありません。それは多分北欧人ではないかと思われました。〔中略〕仲間から、インゲという名前で呼ばれているのを聞いたことがあります。恐らく、二年生位だと思うのですが、私はその少女を見ると、はっと胸がときめいて来るのをどうすることも出来ません。〔中略〕彼女の沈んだ灰色の顔の起伏を見ただけで私の身体に充分の反応を受けていることを感じます。私が持っている表現しようもないものが、彼女の顔の灰色の中に吸収されて行くような、変な充足感を抱くのです。私の古い血の中の忘却の果てでの記憶の再起とでも言ったような訳の分らない郷愁をどうにも出来ないのです。〔中略〕私は既に彼女たちに追いついていたので、私は右手の掌をインゲの頭の上にのせました。〔改行〕生きものを摑んだ時の一種の手ごたえがありました。すると不覚にも私は涙がこみ上げて来るのを感じたのです。〔中略〕私は行き過ぎてから、うしろを振り向きました。然しそこに見たものはインゲの全然私に対する無関心の冷たい表情であったことです。〔改行〕「なーんや、けっさくや、あのおっさん」〔中略〕私は妙に参ってしまって、自分をひどく影薄いものに感じました」(「ちっぽけなアヴァンチュール」一九五〇年、『全集』3)。

以上のテキストでは話者は少年ではなく、大人とされている。以下のテキストでは主人公は少年とされており、同様に八歳くらいの外国の少女が登場する。彼は居留地に付属していた公園で遊んでいる異国の女の子を見かけ、彼女に引きつけられる。それは彼が「子供の時分から見て来た活動写真とか絵物語や童話の中の、自分たちの民族に見ることの出来ない一つの少女の形に、ロマンチシズムを読みとっていたのかも知れない。そしてそのような異人の娘に強い憧憬を感じさせられるということは何という造化の主の片手落ないたずらであろう。どうして我々の側にだけちぢこまった肉体が与えられてしまったのだろうか」(「公園への誘い」(原題「公園への誘ひ」)一九四九年、『全集』3)。

二つのテキストを比較してみると、異国の少女への憧憬がどこからくるのかに関して、前者のほうが後者よりもより深い考察を試みている。後者においてはそれは世界の一部分に属している主体が他の部分に属する対象にいだく劣等感からくるとされているのに対し、前者においては世界内の主体が存在論的な意味において世界がそこから出てくる彼岸への郷愁からくるとされている。「公園への誘い」は習作の域を超えていない。

長崎で高等商業学校(旧制)の学生であった頃、島尾は高台に住んでいる亡命ロシア人に強い関心をいだいていた。そこで、彼は亡命ロシア人たちの住んでいる建物の一角に住むことに決める。彼は新しく引っ越してきたロシア人の一家と知り合いになった。彼はあるエッセイの中でワルワーラという国民学校（小学校）に通う少女と、別の家族のイフゲニイという海星中学校に通う少年の二人と友だちになった、と書いている（「長崎のロシヤ人」一九五九年、『全集』13）。当時の回想をもとにした小説では、ワルワーラ（小説ではヴレンチナ）は堅苦しかったが、リュウバははにかみながら彼に親しみを寄せた。「僕は小娘のリュウバの笑顔だけでおかしい程充分鼓舞されている事に気がついていた」（「単独旅行者」一九四七年、『全集』2）。

　以上のテキストにおいては、異郷の少女という形で、異郷への関心と少女への関心とが結びついて現れている。だがもちろん、両者がそれぞれ単独で現れることもある。

　呑之浦に隣接する押角《オンカク》部落で部隊を慰安する演芸会が催された。その際に特に目立ったのは祝《イワイ》桂子《ケイコ》という小学二年生の子の踊りや歌であった。ここでも島尾隊長はこの少女の中に長崎の学生時代に出入りしていたロシア人一家の少女の面影を見る。彼は部隊から少し離れたところにある呑之浦部落の彼女の家に訪れたりする。彼女は母と弟妹たちと暮らしていた。彼女が「姉さんぶって、す早く洋服に着換えたあとで弟や妹たちの着換えを手伝ってやるのを、ぼくは眺めていた。〔改行〕やはりぼくはこの少女に惹きつけられてしまったという外はない」。ある日彼は彼女を連れて押角の女教師（ミホ）の家に遊びにいった。そこへは高い峠を越えてゆかなければならなかった。「ぼくは彼女を負ぶってたった二人きりの月夜の峠道を、死にたくないというやるせない感傷でいっぱいになって、ひたすら歩いた」（「闘いへの怖れ」）。

　ラジオ放送用の短いエッセイで彼は病院の待合室で見かけた少女のことを書いている。彼女はきみよちゃんという、友人の中村の子供である。飼い犬に嚙まれ、父親に背負われ、病院に連れてこられた。「何と可愛らしい子供だろう！〔中略〕皮膚の白さ。しなやかなからだつき。目眉の涼しさ、と赤い唇。こんなふうにいくら説明しても、彼女の可愛らしさを伝えることは出来ませんが、私はその子供を見て、ひどく心を打たれました。〔改行〕やわらかな髪の毛が白いほうたいできつくしばられて、その下で黒い瞳が、じっと氷のように沈んで光っていました。〔改行〕これは私がいつも考えていた顔だ、と私は思いました。そう思うと、私がそれまで中村に抱いていた悪い感情〔お金のことで気まずくなっていた〕は雪解けのようにさらさらとくずれて流れてしまうのを覚えました。と同時に私は中村に嫉妬を感じていたのです。こんな可愛い子供の親だなんて！」（「きみよちゃんの事」一九五三年、『葉篇小説集』、『全集』7）。

　キミヨちゃんと言えば、島尾が奄美大島名瀬市の図書館長をしていた頃、彼女は彼のところにしばしば遊びにきていた女の子たちの一人である。一葉篇の中の女の子と同じ名前なのは偶然というほかはない。彼女たちは小学校の高学年であった。キミヨちゃんの印象が彼には最も強くて、当時の日記にそのことがしるされている。また、その頃の彼の日記の中でミホが次のように語ったことが書き留められているのも注目に値する。「「おとなの女のひととならたとえつれだってあなたが旅行をしたってなんとも思わないのに、小さな女の子といっしょに居るのを見ると、なんだか気分がへんに悪くなってくるの。どうしてかしら」。私は背中がずんと寒くなるのを覚えた」（『日の移ろい』、『全集』10、三〇頁）。なぜ背中がずんと寒くなったのか。それは島尾がかつて経験した妻の嫉妬の怖ろしさを思い出したためなのか。それとも、彼の少女愛好が彼の本質的な傾向の現れであり、それを妻に見抜かれていることを知ったためなのか。筆者には後者であるような気がする。

島尾の異郷への関心は神戸に住んでいた少年の頃からである。彼は白人の少女のインゲたちを通して異郷への憧れにめざめた。その白人の住む憧れの異郷が具体的な形をとったのは長崎の学生時代である。それは亡命ロシア人を通して想像されたロシアであった。数々の異郷の中でロシアが選ばれたのは、当時彼が愛読していたドストエフスキーやゴンチャロフなどのロシア文学に魅せられたこともあっただろう。だが、そのほかにロシアがヨーロッパの辺境であることもその理由であったように筆者には思われる。辺境は世界の外ではないが、外に近いところにあるので、それの代理となりうるからである。彼が数々の外国人の中でなぜ特にロシア人の亡命者に引かれたかということも、その意味で理解できる。ロシア人の亡命者は辺境であるロシアからさえもはじき出された人々であったからだ。

いつの頃か分からないが、島尾の関心はロシアよりもポーランドに移る。一九六五年、九月から十月にかけて、モスクワで開かれた「日ソ文学シンポジウム」に参加、ついでにワルシャワまで足を伸ばしている。同行の日本人と共にワルシャワへ向かう列車のコンパートメントで彼はポーランド人の二人の姉妹と一緒であった。ワルシャワ駅で降りる時、雨が降っていた。もっと先までゆく姉妹が島尾たちに傘を貸してくれた。二年後、結婚パーティ（姉のほうの）への招待状がきたので、島尾は傘を返す約束を果たそうと、ポーランドなどへの一人旅を思い立つ。このようなことがきっかけで五十歳の彼が全くの私費で寒い国へ十一月に旅立ったのは、ポーランドへの特別に強い思い入れがあったとしか思えない。

島尾がポーランドに寄せる強い関心はどこからくるのだろうか。彼は「ポーランド国家の誕生以来一千年のあいだの国境の変化の甚しいことに関心がそそられ」た、と書いている。この甚だしい国境の変化は強い隣国の支配を受け、国土が分割されてきたためだ。ポーランドは弱国であった。その分割のゆえに国境線は何度となく移動した。そのたびごとに周辺の住民はポーランドから排除されたり、そこへ編入されたりしてきた。したがって、「ポーランドはおそろしく多様な民族を不消化のまま抱えこんでいるにちがいないし、もし国境の村々を訪ね歩くことができれば、私はどんな衝動的な歴史の断層にぶつかるか、と興奮してくるのだった。〔中略〕ひとつの国の歴史の流れの、けずりとられた岸辺、変えられた川筋、曲りかどや川床の変化の現場を微細に見ることができたなら」（『夢のかげを求めて——東欧紀行』〔原題「東欧への旅」〕一九六八—一九七四年、『全集』9、二九六—二九七頁）。

ポーランドから排除されたり、そこへ編入されたりしてきた周辺の住民は、当然のことながらポーランド国民としてのアイデンティティを意識しにくいはずである。さらに、いつも中心部分にいる住民もまた、外国からの政治的・文化的影響に曝され続けてきたので、やはり国民的アイデンティティの意識は確固としたものではないだろう。ポーランド国民のこの国民的アイデンティティの弱さ、世界の周辺を漂っているというこの漂泊性が、自己を絶えず単独旅行者とみなす傾向のあった島尾を引きつけた、と考えられる。

ワルシャワのあるレストランのステージで、楽団員の一人の女性が歌いだした。「くろうとらしさが見えず」「どこかはにかみが」ありながら、「でも大胆にもなれる身軽さもただよわせ、低い声でうたっているのが、耳にまつわりはじめると、私は彼女から目をそらすことができなくなった。小柄で表情に愁いがただよい、モスクワのホテルのロビイで、この女の人はきっとポーランド人だと出合いがしらに思ってそうだったときのように、からだ全体にただよわせているあたたかなやわらかさ、そして苦悩をたたえつつ、うらはらに陽気な明かるさもかくし持ち、また西欧風な洗練を身につけながらなおスラヴの土くささをちらつかせた、ひとりのポーランド女の典型をそこに見ているのだと思っていた」（同上、一一三頁）。苦悩をたたえながら明るさを隠し、西欧ふうに洗練されながらスラヴの土着性がちらつくこの女性は、ポーランド人の境界性の象徴であるように島尾には見えたのである。

島尾にとって旅とは何なのか。彼の友人であり、その作品を愛好する奥野健男は、島尾は旅において日常の鬱の状態からひとときの躁の状態に入ることができた、と言う。「旅に出ると島尾敏雄は冒険家になり、心はのびやかに未知の対象に向ってひらいて行く。彼の中にある世界との異知《ママ》感は、すべて異物である外国においては感じられなくなるのであろうか。重い関係の絶対性のないところでは島尾の魂は鳥のように羽搏き、自由な仮面をつける」。その点で「『日の移ろい』の奄美での夫婦生活の鬱と、『夢のかげを求めて』の単独旅行の躁とは対照的である」。「『日の移ろい』の妻といる日常の気鬱さ、不安さとくらべ何とリラックスし、心がひらいていることか。ワルシャワ大学の日本語学科を訪ね、多くの女子学生を含む学生たちに狭い部屋でかこまれたときの心のたかぶり、はしゃぎようなど読んでいて、こちらがはずかしくなるほどだ」。モスクワの「小さなチェホフ博物館に」奥野が「島尾を誘ったとき、その二階で学校の教師という若く好ましい感じのロシア女性が、ぼくたちにというより島尾敏雄に関心を示し話しかけて来たとき、彼の片言のロシア語は俄かに流暢になり、露和辞典を頼りにまことにたのしげに浮々と会話をして、彼女の夫がかたわらにいるにもかかわらず、殆んど涙声のように別れを惜しみ、全身で親愛感を示めす彼女と、はしゃいだ気持で別れのキスなどしたものだ」。しかし旅は「束の間の夢であり、躁であり、軽みである。島尾は異国を旅しながらも、片時も妻を、そして子供たちを忘れることはできない。一刻もはやく帰国したい強い不安の中の軽みであり躁である」（奥野『島尾敏雄』一二四、一一九、一二三―一二四、一二五頁）。

　しかし、奥野も認めている通り、島尾は旅のあいだしじゅう浮かれていたわけではない。『夢のかげを求めて』の基本的な色調はやはり暗い。しかし、それは日常において世間の制約に操られている時の暗さではない。非日常的な旅での経験は「夢の中の経験の、あの、でたらめと、冷たさと、そしてその場限りの気品のようなもの」(「夢について」)を伴っている。夢の中での行動もやはり「規矩の壁」で制約されてはいるが、「いつわりが無くて、すがすがしく、そこでは人は「一個の個性であり得」るのだが(「小説の素材」)、島尾にとっての旅は、そのような夢の経験に似たものを彼に与えたのであろう。

最後に、旅先としてとりわけポーランドが選ばれた理由を、もう一度述べておこう。「ポーランドは島尾にとって、この世の夢の国であり、異和《ママ》を感じない唯一の国なのだ。いつか島尾敏雄がもし亡命するとすればというアンケートにポーランドと答えていた」(奥野『島尾敏雄』一二二頁)。それは、西欧世界の辺境にあり、しかもその中で国民が自分の国民としてのアイデンティティを確かなものと感じにくいポーランドに、島尾は単独旅行者としての自己を重ねていたからである。

Ⅱ　諸特徴の配置

以上で筆者は島尾文学の諸特徴として⑴不安、⑵夢か現《うつつ》か、⑶母性的超自我、⑷死の先取り、⑸少女と異郷への郷愁、の五つを挙げ、それぞれを表すテキストの引用を中心に若干の説明を加えてきた。これらの特徴はどのように相互に連関しているのか。それを考察することが以下の課題である。

(1) 想像界への現実界の侵入

I―(1)で引用したさまざまの不気味なもの、たとえば「木目の間からぷっと」「ふき出した「どろりとしたもの」」、これらの正体は何なのか、どうしてそれらが出現するのかが、批評家たちにはよく分からず、彼らを当惑させ、あるいは嫌悪させた(平野謙、荒正人など)。島尾に対して終始好意的な奥野は、「分裂症的な性格の強い彼は、自己のまわりに独特の世界を形成する」と書いている。そして、奥野は続ける。「彼の世界に入りこんでくる事物は、すべてその輪郭が、既成の意味が、溶解しはじめ、奇怪な姿をあらわにする。空を飛ぶ飛行機も、彼の目には空をとぶ奇怪な金属として映る如く(『夢の中での日常』)彼の世界にとびこむものはすべて、既成の意味が剝奪されてしまう」(奥野『島尾敏雄』一九頁)。奥野の言及は島尾のテキストの中の不気味なものがどうして出てくるかを、大体において言い当てている、と筆者は思う。

「分裂症的な性格」が強いので、島尾の世界ではすべてが「既成の意味が剝奪されてしまう」という表現をJ・ラカンの用語で言い直してみよう。島尾の場合、象徴化の作用が弱く、そのために対象が普通の意味を失い、なまなましいものとして出現してくる、ということになる。これが不気味なものである。不気味なものは、簡略化すれば、象徴界と現実界とのあいだのバランスが失われて、現実界が優勢となっていることの表れと言ってもよい。不気味なものは、フロイト－ラカンによれば、ふつうは象徴的意味によって覆われているものが、突然その覆いを剝ぎ取られて露わになった様態である。中味を消す覆いの作用を欠如をもたらす作用と呼ぶとすれば、その覆いの剝ぎ取りは、欠如を欠如させる作用である、と言ってもよい。欠如の欠如によって、無意識においては馴れ親しんでいる（heimlich）中味が、不意に異様な（unheimlich）ものとして姿を現すのだ。

象徴化を不十分にしかこうむっていない状態での現実界は、人を死に引き込むほどの生が氾濫している範域なので、人を怖れさせる。不気味なものはその現実界に根づいているので、やはり恐怖の対象である。不安とはこの現実界あるいは不気味なものが突然出現することへの予感にほかならない。

では、不気味なものが出現するのはどの場所においてなのだろうか。その問に答えるためには、難解なラカン理論にもう一歩入り込んでゆかなければならない。象徴化されえないもの、つまり語りえないものが、世界（象徴化された世界）の中に穴（béance）として残されている。その穴は縁取られていて、その縁が、穴の底にある現実界の世界への侵入をせき止めている。縁は現実界を世界から隔てる壁なのだ。世界の立場から見れば空虚であるこの穴にいろいろの対象が入ってきて、空虚を埋める。普通の場合、その対象は対象aと呼ばれるもので、幻影としての乳房、まなざし、声などである。これらは幻影であるから、この穴に一時的に入り込むことはあっても、まもなくそこから去ってしまうので、空虚を埋めるのではなく、むしろ空虚が空虚であることを指し示す働きをする。芸術作品もまた乳房などとは次元を異にするが、やはり対象 a に分類されうる。では、対象 a は世界にとってどういう機能をもつのだろうか。それは穴の底にある力（ファルス）としての現実界を、時折汲み上げて、世界を活気づける機能をもつ。しかし、この汲み上げは調節されており、長くは続かない。つまり、縁は一時的に開かれるが、すぐに元通りとなる。こうした限界の中でファルスの代表象[5]として作用しているのが対象 a である。

ところで、この穴の中に入ってくる対象は対象 a だけではない。〈もの（Ding）〉としての a すなわち a-Thing と呼ばれるものがそうである[6]。それは不安の対象である不気味なものにほかならない[7]。〈もの〉は対象 a とは異なって、いつまでも穴を埋め、立ち去ることがない。そしてそれゆえに、空虚はふさがれたままになるので、穴と世界を隔てていた縁はなくなってしまう。こうして地続きとなった〈もの〉は容易に世界内に、そしてその内部にいる主体に侵入してくるおそれが出てくる。だからこそ、〈もの〉は不気味なものとなるのだ。では、対象 a ではなくて〈もの〉が穴を埋めにやってくるのはなぜか。先に述べたように、筆者の考えではそれは象徴化の作用が弱いからだ。象徴化の作用が弱いと、世界の内と外とを分節する穴の縁が崩れてしまうような〈もの〉が出現してくるのである。

ここで、穴を囲む縁がもつ二重の機能についてコメントを付しておかなければならない。この縁は、対象aであろうと、〈もの〉としてのaであろうと、何らかの非日常的な像を出現させる機能をもっている。狼たちは窓枠（縁）の向こうから狼男を見つめる。縁なしには非日常的な像は出現しえないのだ。ラカンが「不安の現象であるものは日常的なもの（heimlich）の枠の中での出現である」（*Le Séminaire X*, p.91）と言うのはそのためである。しかし、縁はまた、穴の中に出現したものが穴から溢れて世界に侵入しないようせき止める機能をももっている。だから、対象aは穴の中で現れては消えるという仕方で穴の中に収まっている。ところが、〈もの〉としてのa（不気味なもの）はその穴を埋めてしまう。つまり、それは穴を世界から隔てる縁の機能を無効にしてしまうのである。

ところで、象徴化の作用が弱いと、現実界と想像界（人が現実と呼んでいるもの）との分節が十分にゆき届かず、両者を分かつ壁が低くなる。そのため、現実界が容易に想像界へと侵入してゆく。想像界の基礎である自己の身体像が不確かなものとなるのも、この侵入の一つの現れである。I—(1) で見たように、不気味なものは身体の内部にも出現する。皮膚や内臓に異

(5) 精確には、世界において欠如しているファルスすなわちマイナスのファルス（−φ）の代表象。
(6) a-Thing の概念については R. Harari, *Lacan's Seminar on "Anxiety": An Introduction*, trans. by J. C. Lamb-Ruiz, Other Press, 2001, pp.74-75 を参照。
(7) 「不安はその場所（−φ）に現れうるすべてのものに結びつけられている」（Lacan, *Le Séminaire X* [L'angoisse] 1962-1963, Seuil, 2004, p.59）。

変が起こるのだ。この点に吉本も注目し、「身体が変形したり、畸形物ができたり、裏返ったりして、存在自体が輪郭も、人間として定められた形ももたない軟体動物のように変形してしまう」と述べている（吉本『島尾敏雄』二五六頁）。

現実界と想像界とを分かつ壁の低さが、島尾文学の第二の特徴として挙げた夢とも現《うつつ》ともつかない領域の表現につながる。ごく若い頃、島尾はカフカの『審判』を読んで次のように書いている。「此の小説に於けるヨオゼフ・Kの感じ方、そして動き方は、私の夢の中に於ける私の感じ方、動き方を鍵にしてとき明かすことが出来ると思つてゐる。〔中略〕寝込みを襲はれる、といふ主題、それからX（それはどんな場所でもい、が）の場所を探しに行く、といふ主題。それは夢の中に於ける日常である」。それは「眼のさめて居る時に於いて」私が世間から「常に強迫《ママ》されてゐる」という主題でもあるのだ（「飜訳文で読んだカフカ」一九四九年、『全集』13）。島尾は自分の夢の中での感じ方、動き方と同じものを『審判』のヨーゼフ・Kのそれらの中に見る。このように夢を素材として作品を書く方法を、島尾はカフカの中に見いだしたのだ。この方法で書かれたのが島尾の夢幻ものである。そこでは、たとえば寝込みを襲われるという夢の主題は世間から脅迫されるという現《うつつ》の主題と、相互に浸透し合う。つまり、夢と現《うつつ》との区別が不分明となっている。夢を現実界に、現《うつつ》を想像界にいちおう等置できるとすれば、島尾文学の特徴である夢と現《うつつ》の区別の不分明は、彼における想像界への現実界の侵入を表している、と言えよう。

以下に引用するテキストは、この侵入を受けた世界での経験の記述がどれほど大変な作業であるかについての島尾の述懐であるように思われる。このテキストは難解なので、いろいろの解釈を誘い出すが、上記のように読むことが、それを最も分かりやすくする。「眼に見えたかたちだけが安らかだと思いたがる傾きがあって、眼に見えないものにはおそれが先立つ。〔中略〕しかし眼に見えたかたちだけでは理解できない無数のものに取りかこまれていることを認めると、足がすくんでくる。〔中略〕かたちのはっきりしたものだけを、そうでないものから区別して、じぶんの味方にしようとはたらきはじめ」るが、「眼に見えたかたち」と「眼に見えないもの」の二つは「からみ合っているために」両者を区別することがむつかしいから、「知ることのできないゆがんだかたちのもの」をも「理解」しようとせざるをえないが、そうするとそれは「大きくなって行くばかり」で「こちらを併呑した。それはどんなにかわれわれを威嚇したことか。区別し隔離することに失敗すれば、われわれは敵のただなかに武者修業をはじめなければならぬはめになった」(「非超現実主義的な超現実主義の覚え書」一九五八年、『全集』13)。

「眼に見えたかたち」とは想像界(人が現実と呼んでいるもの)あるいは現《うつつ》であり、「眼に見えないもの」「知ることのできないゆがんだかたちのもの」は現実界あるいは夢である。両者を区別し隔離して、前者だけを記述の対象としたいのだが、前者には後者がからみ合っているので、そう簡単にはゆかない。そこで、後者をも記述しようとすると、それは大きくなってゆくばかりで、それに呑み込まれてしまう。ところで、この後者は「知ることのできない」もの、つまり無意識に属するものなのだから、これを記述するのは困難なので、立ちすくんでしまう。

では、この困難な作業を遂行している島尾という主体はどの場所に身を置いているのか。その場所はもちろん想像界である。この想像界が絶えず現実界の侵入をこうむっているとしても、書く主体が身を置いているのはやはり想像界なのだ。それゆえ、想像界の基礎である自己の身体像が、先のテキストに出てくるように、解体するかのような幻想が生じたとしても、その幻想を見ている主体の自己性は解体しているわけではないのだ。その自己性は島尾の場合夢の中においてさえ解体してはいない。先に引用したように、夢の中のほうがむしろ「私は一個の個性であり得た」と彼は書いている。確かに、夢において、あるいは夢の侵入を受けている現《うつつ》において、ある種の自己性は失われる。それは他者と共有される社会的アイデンティティである。この部分は失われるが、そのことによりかえって、純粋な自己性は研ぎ澄まされる、と言える。

(2) 母性的超自我と無垢の少女の像の出現

象徴化の作用が弱いと、先に述べたように世界の中の穴に現れてくるものが、対象ａに代わって〈もの〉としてのａとなる。対象ａは一時的に現れて消えるが、〈もの〉としてのａは居すわり続けて穴を埋めてしまう。続いて何が起こるのか。母性的超自我が現れる。どうしてなのか。以下にそのいきさつを述べることにしよう。

法と言語の支配する象徴界を設定したとされる大他者は象徴的他者と呼ばれる。人は常に大他者に向かって問いかける。自分は何ものなのか（男か女か、親か子か）、どこから来てどこへゆくのか、死ねばどうなるのか、自分の苦しみは何のためなのか、など。これらの問に対し象徴的他者は一部は答えてくれるが、すべての問に答えてくれるわけではない。その意味で、人は大他者にも欠如があることを知るが、しかし人間は、彼に向かいそうした問を発せざるをえない。それが人間というものである。

さて、象徴的他者はその通告を代行するエージェントを世界内にもつ。これが超自我である。超自我を通すことにより、通告はより具体的なものとなる。超自我の担い手は通常は男性であり、その通告は「〜するな」という禁止の形をとることが多い。つまり、超自我はふつう父性的超自我である。ところが、象徴化の作用が弱いと、象徴化し切れないファルス＝生命力（不気味なものはその一つの出現形態であった）が象徴的他者の世界内の代行者に母性的性格を与える。つまり、その場合には、父性的超自我に代わって母性的超自我が登場するのである。母性的超自我の通告は「〜するなかれ」という禁止の形よりも、むしろ「〜せよ」という督励の形をとる。ただし、それは主体のすべての欲望を督励するわけではない。それが督励するのはとりわけ愛の欲望であり、その中でも特に母への愛の欲望である。母性的超自我の中核的な通告は「私を愛せよ」なのだ。もちろん、その他の欲望もある範囲内で督励する。その範囲とは母を喜ばせることに貢献しうる範囲である。たとえば、成功しようとする欲望であって、子供の成功は母を喜ばせるから、彼女はこの欲望を督励する。だから当然、母を喜ばせない働きをする欲望は禁止される。たとえば、母以外の他の女を愛する欲望がそれである。女でなくても、母がつかさどっている家庭を崩壊させるような、放浪への欲望もまた禁止されるだろう。その意味で、母性的超自我は「私を愛せよ」という督励の掟を中心的な掟として課するが、それに連なる限りにおいて禁止の掟も課するのである。(8)

以上のような超自我の概念を念頭に置いて島尾の作品を読むと、病妻ものや日記『日の移ろい』に出てくる夫にとって、妻は母性的超自我として立ち現れているという印象を、読者はいだかないわけにはゆかないだろう。先に引用した「妻への祈り・補遺」において、島尾は「私は主体を失い、妻の病める合理主義に拝跪した。そのほかに私と妻の生きる道はなかったと今は省られるが、多分それに違いがなかった」と書いている。「妻の病める合理主義」とは、夫の薄情と不実の一貫性を組み立てる彼女の論理であり、その前に「拝跪」するとは、その論理を支えている「私を愛せよ」という掟への服従を意味する。こうして、夫の自我は妻の超自我の前で否定される。

しかし、夫トシオが妻ミホの中に見いだすのは、超自我の像だけではない。その像と重なるもう一つの像、無垢の少女の像をも彼は彼女の中に見いだす。無垢な少女は世界＝世間の外にいたが、母となるために世界＝世間の中に入ってくる。彼女は無垢であるがゆえに世界＝世間の悪に対して無防備であり、その悪に傷ついて苦しむ。彼女は夫トシオに救助を求める。だが、その夫＝トシオこそは、彼女を世界＝世間の外（南の島）から引き離し、世界＝世間の内（大都市）に連れ込み、さらには自分は世界＝世間になじまないと不平を言いながら、その世界＝世間の一員として彼女を苦しめている張本人なのだ。このことを認めざるをえないために生じる夫トシオの罪悪感が、妻ミホの夫への救助の訴えへの応答を、他の何よりも優先させる。この罪悪感が妻ミホのもう一つの側面である超自我の、夫トシオに対する裁きの正当性を強化することになる。こうして、無垢の少女ミホと母なる超自我ミホとが、夫トシオの中においては切り離し難く結びつくのである。

さて、上で無垢な少女と呼んだものは、ラカンが世界外に位置する処女＝ファルスと呼んだものにほかならない。それはまた、E・レヴィナスの言う〈他者〉でもある。この〈他者〉は

（8）　母性的超自我の用語はすでにフロイトにより用いられているとラカンは彼のセミネール5（無意識の形成物）で言及しているが、詳細には語っていない（佐々木孝次・原和之・川崎惣一訳『無意識の形成物』上、岩波書店、二〇〇五年、二三七頁）。それがどうして発生するかに関しては、S・ジジェクがそれを高度産業社会と結びつけている議論がある程度にとどまる（鈴木晶訳『斜めから見る——大衆文化を通してラカン理論へ』青土社、一九九五年、一九三頁）。本文の筆者の仮説は大胆過ぎるかもしれないが、ジジェクの説とは整合性があると思う。高度産業社会の家族は父のではなく母の権威の強い家族だからである。

世界の外にあるがゆえに、世界内の主体はそれを決して同化することはできない。それは主体にとって絶対的な他性を帯びている。それは、貧者、異邦人、寡婦、孤児として主体の前に立ち現れる。[9]ただ、この他者は世界外にいる時には苦悩する存在ではなく、もともとは無垢な存在が世界内に入ってくることにより、苦悩する存在となる、と解すべきであろう。〈他者〉が主体に向かって「助けて」と呼びかける時、主体はその召喚に応じざるをえない。それは〈他者〉が傷つけられていることで主体は自分自身が傷つけられていると感じるためだが、それだけではない。この〈他者〉が自己よりも上の審級に位置するからでもある。

(3)〈他者〉に対する受動性、あるいは世界の外への傾斜

妻ミホは夫島尾にとって処女＝ファルスであり〈他者〉である。この島尾の感受性が島尾文学の一つの特徴である少女への郷愁となって現れてくることになる。しかしまた、上位の審級にある絶対的な他性への島尾の受動性が、彼の死の先取りとしても現れてくる。

レヴィナスの言うように、〈私〉は〈私〉の死がどんなものであるかを事前に知りえないし、それに抵抗することもできない。〈私〉にとって〈私〉の死とは理解の彼方にあり、またその統御は〈私〉の能力を超えている。死は〈私〉＝主体が構成した秩序の中に取り込むことのできない絶対に他なるものである。

島尾の戦争ものの特徴は、この絶対的に他なるものである死を近くに予定した主人公の生の

経験が描かれているところにあった。また、彼の軍事的キャリアの選択も、近づく死を受容するかのように行われた。戦争にかかわる彼の文学と生活には、共に死を回避しようとするあがきが欠けている。死は彼を怖れさせ怯えさせはするが、彼は課せられている死に反抗しない。それは世界の外にある力への彼の受動性を意味する。では、死を課する力がなぜ世界の外にあると言えるのか。それは正義の均衡を望む世界内の法とは全く関係なしに、死はやってくるからだ。たとえば、善良さ、努力、他者にとっての必要性などに関してもっと長く生きるに値すると判定されている人も、そうでない人と同様に、その人の生活設計が何であろうと、本人が制御し難い時期に、死に見舞われる。島尾はそういう死を課する力に反抗することなく、それを受動的に受け入れるのである。

以上で島尾の死に対する受動性が確認された。この特徴が確認されると、これまで取り上げてきた諸特徴に関しても、彼の受動性が通底していることに、読者は気づかざるをえないだろう。すなわち、不気味なもの、夢、母性的超自我、これらすべてにわたり、彼はほとんど抵抗を試みることなく、受容の姿勢をとっている。なるほど、不気味なものに襲われた時、彼はそれに多少とも抵抗しようと試みる。「諾ってはいけない。否定しろ。否定しろ」と自分に言い

(9) 拙論「真の自己と二人の大他者——ラカンとレヴィナスが交わる点」『生の欲動——神経症から倒錯へ』みすず書房、二〇〇三年、一〇〇—一〇一頁。

聞かす。しかし、「魂だけが行く所を失い彷徨しなければならない運命を宣告されようとしているように」思ってしまうのである。つまり、彼は不気味なものに襲われて主体性を失ってしまうことを、自分の運命として受け入れようとしているのだ。そして、こんなにつらい目にあってまで生きなければならない自分の運命に思わず落涙する（「宿定め」）。

不気味なものとは世界の中の穴に出現する現実界である。夢もまたその一部が現実界につながっている。母性的超自我は想像界に位置しているが、それは象徴的他者の代理であるという意味で、世界内の他者に比べれば、一段上の審級に属する。つまり、母性的超自我もまた世界の外に半ばは足を置いているのだ。こうして見ると、死をはじめとして島尾が受動的姿勢をとるのはすべて世界の外に位置する現実界あるいは象徴界であることが分かる。その外部性を指すためにこの位置に属するものたちを〈他者〉と総称することも許されるのではないかと思う。

この外部の〈他者〉に対する島尾の受動性をもって彼の文学と生活の特徴とみなしたのは森川達也である。彼は次のように述べている。人の「根拠ないしは存在感を、根底から揺がし、おびやかすものとは、何であるのか。それは自分自身であるとは、どうしても言うことができない。なぜなら、揺がすもの、おびやかすものが、同時に、揺がされるもの、おびやかされるものであることは、あり得ないからである。それはどうしても、何らかの意味において、自己を越えたもの、自己に対して「他者」としてあるもの、しかも、単に自己を越え、他者としてあるというだけではなく、あくまでこの自分にかかわり、自己の存在の全体を、根本から左右し得るような何かでなければならない」（森川達也「文学と宗教のあいだ」『カイエ』（総特集・島尾敏雄）一九七八年十二月臨時増刊号、七六頁）。森川の場合、「自己を越えたもの、自己に対して「他者」としてあるもの」とは何であるのかは明確に規定されておらず、曖昧さが残るが、彼の言おうとしていることは筆者のそれと同じである、とみなしてよかろう。

現実界や象徴界の〈他者〉に対していちじるしく受動的であり、この〈他者〉に気を取られている島尾は、そのために想像界（人が現実と呼んでいるもの）に対しては多少とも放心状態で向かい合うだろう。一方的に課せられる死について言及したあと、森川は島尾の「自己の生に対するどこか冷淡で稀薄な姿勢と、それが常ににせのものであるという意識」に注目している（「二つの〈苦悩〉――島尾敏雄の主題」一九七三年、『森川達也評論集成3・作家へのアプローチ――島尾敏雄論・埴谷雄高論』審美社、一九九六年、一八九頁）。

少女が島尾に対してもつ特別に強い魅力もまた、彼女が現実界に位置する〈他者〉であると考えれば理解は困難ではない。人は象徴化の洗礼を受けることによって世界の住民である大人となってゆく。その象徴化以前のファルス＝生命力を宿しているとみなされるのが少女なのだ。象徴化以前という意味で無垢である少女は、人がそこから出てきた現実界を形象化した像である。しかし、実在の少女として形象化された像はもはや現実界そのものでないことは言うまでもない。この像は想像界の中に位置する。しかし、形象化を通してしか人は現実界を表象することはできない。その意味で実在の少女は、現実界である処女＝ファルスの想像界への転出先に過ぎないけれども、この像は主体に対し現実界と同じ効果をもつ。主体はみずからそこから出てきた現実界に対し、少女の像を通して郷愁をいだくのである。

異郷への郷愁についても同じことが言える。ポーランドやロシアは実在する国々であり、それら自体は現実界ではない。それらは想像界（人が現実と呼んでいるもの）に属している。だが、それらは島尾にとって現実界に最も近い似姿であり、それの転出先なのだ。したがって、これらの国々への島尾の憧憬は現実界への郷愁にほかならない。

最後に、世界の外への島尾の強い傾斜を表す証拠をもう一つ付け加えておこう。それは言葉（発音を含む）への彼の特別な興味である。部隊を慰安する演芸会に出席した祝桂子と隊長が仲良しになるエピソードの中で、隊長がこの名前に興味をもつ箇所がある。「祝桂子という名前を祝桂子《シユクケイシ》と口の中で誦して、何か中国の難解な古典をぼくだけがそれを解読できる鍵を持っているというふうに、胸の中に納めていたようなところがあった」（「闘いへの怖れ」）。また、島尾は幼年の頃、同行していた祖母が一つの家を指して、あれが今はだめになった没落士族のハンニャの家だ、と彼に語ったことを、記憶の底に留めていた（「いなかぶり」〔原題「田舎振り」〕一九五一年、『全集』3）。後年、彼が埴谷雄高と出会った時、彼はおずおずと、埴谷さんは福島県ではありませんか、福島なら小高ではありませんか、と次々に質問を積み重ねていった。このことに強く印象づけられた埴谷は「一種の異様感に捉えられると不意とその場に全神経が立ちどまって忽ち鋭い触角が不安な薄暗い切迫感を帯びて宙に真直ぐ擡げられるといった島尾敏雄に特質的な音響感覚」に注目している。この感覚なしには、「たった一度聞いただけの「ハンニャ」の奇異な語音もその薄暗い幼い記憶の隅に残り得なかった筈である」（埴谷雄高「不安の原質」『カイエ』前掲号、三〇—三一頁）。さらに、埴谷は人名や地名や事象の発音についての島尾の異常なほどの深い興味を指摘し、それらは「「生と存在の全範囲にわたって一種不思議なほど独特な頭の擡げ方を示すその全感覚」のなかの僅かたったひとつの部分にしかすぎないのである」と続けている（同上所）。

おそらく、島尾にとって言葉（発音を含む）はそれによって世界の外部が開示される通路なのだ。彼にとって固有名はただ単に世界内の特定事物を指すだけのものではないのである。島尾の場合、固有名はその指示機能により人を世界の中に閉じ込めるが、同時にそれはまた人を世界の外にある現実界へと誘導する符牒でもあるのだ。その符牒を「解読できる鍵」を島尾は手にしているように思うのである。そう言えば、彼の作品の中には奇妙な人名や地名が出てくるだけではなく、作品の題名の中にも奇妙なものが少なくない。「蜘蛛の行」「勾配のあるラビリンス」「格子の眼」「亀甲の裂け目」「大鋏」「鬼剝げ」「日は日に」「流棄」「日のちぢまり」「日を繫けて」などなど。個々の題名はもちろんそれぞれの作品の内容を表すために付せられたものであるが、総じて言えば、これらの奇異な題名は世界の外にあるものへの島尾の苦しい探索の姿勢を表していると解することができる。

以上で島尾文学の諸特徴の配置を述べた。その配置を描くにあたり、象徴化の作用の弱さを論述の起点としたが、このことはその弱さが原因で現実界が強くなった、と主張するためではない。逆に、現実界が強過ぎるから象徴化の作用が弱くなった、と言ってもよいのだ。どちらが原因でどちらが結果であるというわけではなく、想像界を含む実存構造全体の中で、象徴界が弱く現実界が強いという布置があるだけなのである。だから、この布置の中では弱い象徴界と強い現実界とが同時に成立している、と言うほかはないだろう。繰り返せば象徴化の作用の弱さを論述の起点としたのは、論を進めやすいという便宜上の手続きに過ぎなかったことを断っておかなければならない。

最後にひとこと述べて結びの言葉としたい。島尾にとって日常生活に侵入してくる世界の外部にどう対処するかが生涯の問題であった。その外部の侵入は現実界の突然の襲来という形をとる時、最も強い衝撃を彼に与えた。その襲来の予感が不安である。それゆえ、不安が彼の文学全体の基調となっているのだ。しかし、世界の外部は不気味なものとして襲来するだけではない。それはさまざまな形をとって世界に現れてくる。そして、それらを通して、世界の外部は主体を怯えさせるだけではなく、主体を魅惑させもする。いや、怯えさせている場合でも、主体を魅きつける部分も含んでいる、と言ってもよいのだ。このような世界の外部の力に圧倒されることで、主体はその主体性を失う。そして、この主体性の喪失の苦しみを描くことこそ、島尾を近代に対してアンチ・テーゼを提出した作家たらしめたのである。

武田泰淳——他者との遭遇

Ⅰ　操る者と操られる者

人生のある特定の期間の体験が、その人の以後の思想的営みに決定的な影響を及ぼす。こういった物語ふうの構築はふつうは信用しないほうがよい。ところが、武田泰淳に関しては、こうした構築への誘惑に乗りたいという気持ちを筆者は抑えることができない。第一次戦後派と呼ばれる作家たちの多くは、戦争の影響をこうむり、戦後、作家活動に入った。しかし、泰淳ほどその影響が作家の世界観（あるいは宇宙観）の活性化や作品の基本的なモティーフの形成にまで及んだ例はほかにない。

泰淳は浄土宗の寺の子として生まれ（一九一二年二月）、僧侶となった。大学では中国文学を専攻、中退した。彼は一九三七年十月に召集され、一九三九年十月に除隊されるまで、兵隊としておもに「中支」各地を転戦した。一九三八（昭和一三）年四月徐州作戦下令、南京を出発し、新城口から寿県へと進軍、この進軍中、忘れ難い二つの事件に遭遇する。作戦終了後、七月廬州へ。次に泰淳が中国へ赴いたのは一九四四（昭和一九）年六月で、そこで民間人として敗戦を体験する。これまでの支配者が一転して没落の民となった。一九四六（昭和二一）年二月に帰国し、戦後日本の価値体系の変動を体験する。

『審判』（一九四八年、『全集』2）[1]において、上記の二事件が話者の〈私〉を通して語られている。その内容はかなりよく知られているが、後の議論の必要上、要点は再現しておかなければならない。一度目は、隊のかたわらを通り過ぎてゆく従順な二人の百姓を隊長の命令で一斉射撃した事件である。〈私〉の中で「人を殺すことがなぜいけないのか」という考えがよぎる。この瞬間「真空状態のような、鉛のように無神経なものが残」った。的を外して撃った兵もおり、彼は的を狙って撃ったという〈私〉に少々驚いた。二度目は〈私〉の責任がもっと重い事件であった。戦禍を恐れて村民が逃げ去ったあと、老夫婦が取り残されていた。老夫は盲目であり、老婦は聾唖のようであった。〈私〉はこの二人はいずれは餓死するほかはないのだから、いっそ死んだほうがましかもしれない、と思う。するとまた例の真空状態、鉛のように無神経な状態がやってくる。その時何かが〈私〉にささやく。「殺してごらん。ただ銃を取り上げて射てばいいのだ。〔中略〕ただやりさえすればいいんだからな。自分の意志一つできまるんだ」。〈私〉は「もとの私でなくなってみ」たいという誘惑に駆られる。〈私〉は老夫の頭をめがけて銃の引き金を引く。老夫を射殺する前、彼が死ねば老妻も生きてはゆけないだろうと〈私〉は考えていた。だから、〈私〉は二人を殺したのだ。

この小説では二郎という主人公が彼の恋人へ向かいこの二度の殺人を告白することになっている。殺人を隠したままで結婚はできないと思ったからである。彼女は彼を責めはしなかったが、二人のあいだは気まずくなる。小説はここで終わるが、事実はどうだったのか。泰淳の書き残した「従軍手帖」などによると、二度の殺人は彼自身によって行われたらしい（川西政明『武田泰淳伝』講談社、二〇〇五年、一六六頁）。『審判』においてはその時の状況やその時の心の動きがほぼそのまま書き留められている、と見てもおそらく間違いはなかろう。泰淳は二郎が恋人に罪を告白せざるをえなかったように、『審判』を書くことで罪を告白せざるをえなかった。それは彼にとって重い重い体験であったに違いない。

二度の殺人のうち、疑いもなく二度目の体験のほうが重かった。なぜなら、一度目は命令への服従行為であり、また多数の中の一人としての行為であったのに対し、二度目は普通の意味での自由意志による単独の行為であったからである。そのうえ、第一の場合は〈私〉は被害者の顔も覚えていないほど、彼らは物のような存在であったのに対して、第二の場合は〈私〉は被害者を見据え、人間として対峙したからでもある。

戦時の日本軍の占領下にある中国の無名の民衆は戦場においてはある程度法の外（無法状

（1）以下特記しない限り、泰淳のテキストからの引用は、『武田泰淳全集』増補版、一八＋二巻、筑摩書房、一九七八—一九七九年に依拠する。

態）に置かれていた。日本軍人は罰せられるおそれも報復のおそれもなく、中国の無名の民衆を殺すことができたのである。そこでは無名の民衆は法の保護を受ける権利が剝奪されているので、彼らはG・アガンベンの言うホモ・サケル（聖なる人間）に近い存在なのだ。彼らは日本人が支配している象徴的世界の外に置かれた例外者である。筆者は別のところで象徴化から洩れ落ちた存在を究極の他者と呼び、その中にあって上記のような無防備な他者のタイプを脆弱な他者と呼んだが（「究極の他者について」『Becoming』第一八号、二〇〇六年、四九頁）、泰淳が中国の戦場で出会った無名の民衆は、この脆弱な他者のカテゴリーに入ると言ってよかろう。中でも全くの無防備状態のもとで彼の恣意により射殺された盲目の老夫は、この種の他者性を劇的な仕方で泰淳の前に露呈したのだ。以下、究極の他者を他者と略称する。

盲目の老夫との遭遇ほどではないが、泰淳は中国の各地でさまざまの他者と遭遇している。小説『盧州風景』（一九四七年、『全集』１）では軍医である話者の〈私〉の勤務する病院の看護婦楊さんもまた一人の他者である。可愛い彼女のけなげな働きぶりに〈私〉は感心しているが、彼女がスパイをやっていることも、〈私〉は知っている。〈私〉と親しく語り合っていても、彼女は別世界の人間なのだ。とりわけ〈私〉に衝撃を与えたのはコレラ患者たちであった。

「私たちは白い石灰を撒いて歩く。石灰の粉末は細《こま》かいので、眉毛にも頭髪にも附着し、油断するとむせかえる。中学校の校舎ばかりでなく、附近の民家まで拡張して病舎にしてある。昨日まで誰もいなかった空屋に今日は痩せおとろえた病人が寝ていることがよくあった。〔中略〕〔改行〕コレラ顔貌！　私は永久にそれを忘れられぬだろう。死人よりも醜い。ともかく生きていて、ほとんど生きていないくせに、それでも死のうとしない仮面のような顔。四角い顔も丸い顔も、勇気のみちた顔も意志の強い顔も、みんな同一の顔貌に変化して行く。痩せおとろえ、水分を失い、土色となり、生の最低極限へ急激に落下すると万人はただ一つの容貌になってしまうこと、これは何という哀《かな》しい現象だろうか」。

以上のテキストに出てくる他者たちを通して、泰淳は生《なま》の生と死のリズムの場である現実界にふれたことは確かだ。もっとも、楊看護婦を除き、あとはすべて生《なま》の死を表す他者たちである。たとえば、コレラ患者は象徴化がもたらしたあらゆる差異をほとんど失いかけ、均質的なのっぺらぼうの顔貌を呈している点で、象徴的世界の外の現実界を表している。生《なま》の生を表す他者に泰淳がほとんど遭遇することがなかったのは、彼が至るところに死骸が転がっている戦場にいたためであろう。病院を舞台にしている次のテキストは、現実界の到来の予感である不安を示していると解してよい。「空気は澄み、うす雲をとおした日光はやわらかく楽しげであった。しかし私は私の周囲に、光や大気や水や土の中に、何かしら無数の不安がひそんでいるのを感じた。〔中略〕人間をとりまくもの、おびやかすものの充満が、一呼吸ごとに私を押しつつんだ。それはたゆたい、うずまき、近づいてはまたはなれ、はるか天上にまでひろがっている巨大なものであるらしかった」（『細菌のいる風景』一九五〇年、『全集』1）。

ここで先の引用では保留しておいた老夫射殺の動機の詳細に立ち入ることにしよう。二郎は次のように語っている。「フト何かが私にささやきました。「殺してごらん」。引き金を引くかどうか「私の心のはずみ一つにかかっていることを知りました。止めてしまえば何事も起らないのです。ひきがねを引けば私はもとの私でなくなるのです。その間に、無理をするという決意が働くだけ、それできまるのです。もとの私でなくなってみること、それが私を誘いました。発射すると老夫はピクリと首を動かし、すぐ頭をガクリと垂れました。〔中略〕ある定理〔原子に還してしまえば生物も何もない、という定理〕を実験したような疲労、とうとうやってしまったという重量のある感覚が私の四肢を包みました。その時も私は自分を残忍な人間だとは思いませんでした。ただ何か自分がそれを敢えてした特別な人間だという気持だけがしました」。

以上で語られているのは、いわば純粋殺人の動機である。主体の殺人行為は外部からの拘束、たとえば上官の命令といったものによって行われたわけではない。また何らかの利得、たとえば金品の強奪といったものをめざして行われたわけでもない。もちろん、老夫に対して個人的な怨恨があったわけでもない。彼はただ殺したいためだけに殺したのである。しかし、ふつう挙げられている上記の諸動機のリストには記載されていない動機が語られている。それは、自分の力を試してみたいという動機である。殺人を敢行すれば、〈私〉はもはや以前の〈私〉ではないことが証明できるのだ。少し「無理をする」だけでよい。〈私〉は引き金を引く。このあたりの内面の記述は泰淳が尊敬しているドストエフスキーによるラスコーリニコフの金貸しの老婦人殺しの描写を思わせる。射殺のあと疲労感が残る。それは十四、五歳の頃、春の池でガマの腹に空気銃のたまを射ち込んだ時の気持ちによく似ていることを思い出させた。その時も、「無理をおし切ってや」った（『審判』）。

あえて無理をしてでも力の感覚を味わいたいという動機、これが〈私〉の純粋殺人の動機である。ではどうして自然な感情に逆らう無理が可能となったのか。それは引き金を引く直前に〈私〉は一種の「真空状態、鉛のように無神経な状態」に見舞われていたからである。この状態は先立つ一斉射撃の直前にも経験されたものであった。殺人を犯すかもしれないという予感のもとで、主体はすでに自然な感情を失い、鉛のような状態に陥っているのだ。その時、何かが「殺してごらん」とささやく。その誘いに乗って〈私〉は鉛のような状態から跳躍する。〈私〉は引き金を引いてしまう。

以上が純粋殺人に至る過程である。〈私〉は命令にも利害にも怨恨にもとらわれていないので、そうしたいからそうしたとしか言えないような純粋に自発的な意志によって動いているかのように見える。それはカントの言う定言命令に従っているかのようだ。だが、自己決定によって動いているにもかかわらず、この自己決定から出てきた行為には「無理」をしたという空虚感が残った。なぜか。この自己決定そのものが何かに操られているかのように感じられたからである。

一方、〈私〉はその恣意により老夫の生死を左右することができた。もちろん、〈私〉が老夫に対し生殺与奪の権を握ることができたのは、日本軍が支配している戦場という特殊な状況のせいである。「憲兵のとりしまりもない、裁判も法廷もない前線では、殺人は罰せられない」（「戦争と私」一九六七年、『全集』18）。この特殊な状況のせいで、操る者と操られる者との関係が一切のヴェールを剝ぎ取られて露出されたことは確かだが、そのことによりこの関係に参加した当事者は、以後通常のさまざまの人間関係の中においても操る者と操られる者の関係を見いだしやすくなるだろう。それは私的な愛の領域においても政治の領域においても見いだされる。これらの領域における操る者と操られる者との関係への泰淳の強い関心は、彼の戦場での射殺体験と深くつながっているように思われる。

しかし、上述の操る者と操られる者の関係の体験は加害者と被害者の関係以外のものを含んでいる。操る者は「何か」により操られていると感じているからだ。彼は体験させられているかのように思う。彼は上位の「何か」によって操られているのだ。この「させられ」体験もまた、泰淳文学の特徴である。こうしてこの体験の中に、上位の操る者→操られると共に操る者→操られる者の三者が析出される。

だが、これですべての分析が終わったわけではない。泰淳自身は意識してはおらず、したがってテキストで語ってはいないが、上述の三者の関係はもっと複雑である。老夫は殺されても彼の代わりに加害者を罰する者が誰もいないホモ・サケルであるという意味で、〈私〉を殺害へといざなう誘惑者でもあるのだ。つまり、彼は一面では〈私〉に操られる者だが、他の面では〈私〉を操る者でもある。老夫のこの操る者の面は泰淳の意識から逃れている。もう一つ。老夫は象徴化から洩れ落ちた脆弱な他者として象徴的世界の外の現実界に根をおろしている。だから、彼がその脆弱さによりその力を行使するよういざなったとすれば、〈私〉は現実界により操られたことになる。一方、〈私〉は「何か」により、「殺してごらん」といざなわれたが、この上位の操る者である「何か」は象徴的世界の「何か」ではなく現実界の「何か」であることは確かだ。だとすると、操る者－操られる者の直線的連鎖の最下位にある操られる者が、最上位の操る者と同じ平面に属することになる。したがって、ここに見いだされるものは、直線的連鎖ではなく円環的循環なのだ。こうして、操る者である主体は、この円環の中に置かれると、操られる者でもあるという二重性が照らし出されるのである。

『審判』とほとんど同時期に発表された『秘密』（一九四七年、『全集』2）は、戦場ではなく敗戦直前の東京を舞台にしている。しかし、ここでも操る者と操られる者との関係がテーマとなっている点で、この作品は『審判』と表裏を成している。いやむしろ、『秘密』のほうがこのテーマを分かりやすく表現していると言えよう。しかし、同じテーマを扱いながら、二つの作品は相対的にではあるが力点を異にしている。『審判』においては泰淳はどちらかというと殺人を犯す主体の自己決定の不確かさあるいは被操縦性に力点を置き、『秘密』においては彼はどちらかというと主体の対象たちに対する力の行使あるいは操縦性に力点を置く。この対照に奥野健男は泰淳の作品を貫く二つの基本的な方向を見いだした（「武田泰淳論——劣等感補償の文学」一九五四年、埴谷雄高編『増補 武田泰淳研究』〔『全集』別巻3〕筑摩書房、一九八〇年、所収)。これはすぐれた着眼であったと思う。ただ、奥野はこの二つの方向を劣等感にもとづくものと優越感にもとづくものというアドラーふうの対照に還元してしまっている。筆者は対照を成す両項をマゾヒズム対サディズムとは見ないので、この点に関しては奥野と意見を異にするが、両項のうちの一方だけに自分の立場を設定しない(あるいは設定できない)ところに泰淳の文学の特徴があると見る点では、筆者は彼と同意見である。筆者の意見をさらに押し進めて表現するなら、対立し合う両項間の移行こそ、泰淳を一筋縄でゆかぬ謎めいた作家にしているのだ。

『秘密』は話者〈私〉(林)が、会社の同僚でもあり、小説家志望の仲間でもある八木を力により操り続ける物語である。〈私〉は八木の身近な女たちを次々に支配することで、彼を追いつめてゆく。〈私〉は八木に比べて年長であり、「ホンのちょっと悪人である」ために、〈私〉は優位に立つことができた。まず、独身である〈私〉は妻帯者である八木が思慕している雪子を自分のものにする。二人の関係を全部八木に語る〈私〉を彼女が八木の前で非難すると、〈私〉は分別ありげに言う。「「雪子さんと僕のことは、まあ八木君がいたから恋愛になったようなもんだもの、八木君が結びの親だからね。だから三人が話し合うのは当然さ」私はこう言うことで八木の心を握るつもりであったが、案のじょう八木は〔中略〕気が急にくだけたようであった」。次に、八木が別の女に思いを寄せ始めると、〈私〉はまたもや彼女を横取りする。

なぜ〈私〉は八木が好きになった女ばかりに目をつけるのか。それは八木がひとたび誰かを恋の対象として選んだことが分かると、「その女が妙に生き生きとして私の眼に映り出す」からである。〈私〉にとってその女は「単なる行きずりの女でなく、ある一つの意味のある女」となる。こうして、八木の欲望の対象が〈私〉の欲望の対象となるのだ。そして、勝利するのはいつも〈私〉なのである。「彼は痛々しく、真剣で、悲壮であり、私は図々しく、のらくらと、効果的であった」。

ここで、R・ジラールの欲望の三角形の図式を想起する人もいるだろう。〈私〉=主体は八木をモデルとし、彼を模倣することによってのみ、対象を欲望することができるのである。だとすれば、〈私〉の主体性あるいは自己決定の能力は疑わしくなる。〈私〉の欲望の発動はモデルに依存しているからだ。その意味で、〈私〉は八木を操る者であり、対象を奪い取った勝利者であるが、同時にまた〈私〉は八木をモデルとしているがゆえに彼に操られる者でもある。

〈私〉の支配は八木の欲望する女たちだけにとどまらず、八木一家の全体にまで及ぶ。八木の妻みね子、彼の姉菊枝、彼の母までも〈私〉に魅了される。〈私〉はみね子に香水をプレゼントしようとする。「私は突然、何物かに命令されでもしたかのように」みね子の選んだのと同じ香水を陳列箱から取り出し、店員に包ませる。「どうするの？」と気色ばむみね子。〈私〉は構わずそれを同行していた菊枝に渡そうとする。「菊枝はおじぎしながら受けとったが、その瞳が強く光り、顔全体がうっとりした、今まで私の見たことのないほど異常に晴れやかな感じだった」。

その日から菊枝に幻聴が聞こえ始める。その声の多くは〈私〉の声であった。彼女は〈私〉に恋していたのだ、と八木は苦笑しながら〈私〉に告げた。彼女の発狂についての八木の話で、事態が〈私〉の打算をはるかに超えて展開しているのを知り、「八木が私の運命を掌中に握っているかのようなひけ目を私は感じていたのだ。何と言う奇妙な位置転倒だろう」。とりわけ〈私〉を驚かせたのは次のような事実であった。菊枝は〈私〉がある時刻に、彼女と会う約束をしたことを幻聴で聞いた。ところが、それが彼女の妄想であり、〈私〉はそんな約束をしていなかったにもかかわらず、ちょうどその時刻に〈私〉は彼女に会おうとして約束の店へと急いでいたのだ。筆者の言葉で補うなら、〈私〉は妄想の中での予言に操られ、その予言を実行したのだ。「それが私の自信を根底からゆすぶり、おびやかした」。

操る者と操られる者との「位置転倒」、これを表現することこそが、泰淳の作品のユニークな特徴なのだ。〈私〉は八木を操り、またそのために彼に親しい女たちを操ってきた。〈私〉はその操縦に成功し、勝利者となった。だが、その途端操られる者に〈私〉の計算外の心の動きがあることを知り、〈私〉は操縦者としての自信を打ち砕かれ、自分が操られていると思ったりする。

空襲の焼け跡で〈私〉は八木の死体に出遭い、〈私〉が貸した外套のポケットから日記を取り出した。焔の明かりで最初の一行を読み、冷水を浴びせられたような感覚に襲われる。「俺は書き残すことの愚かさを知っているが……」。〈私〉はこの心情があたかも自分の心情であるかのように感じた。そして、その日記を守ろうと心に決める。

〈私〉は小説のうえでも八木に立ち勝っていると確信していた。彼の私小説ふうの小説は日の目を見ることなく、〈私〉の小説は世に出ることになるだろう。それは操縦される者である八木は自分のことしか分からないが、操縦する者である〈私〉は操縦する者とされる者の両方を見ることができるからだ。そう信じていた〈私〉は八木の残された日記の一行に接し、それまでいだいていた彼に対する優越感が一挙に崩れる。なぜか。

「一夜にして神の天上より降らせたもうた火の雨は、宇宙の秘密の片鱗を示しただけであろうが、それだけで、人間たちは力つき、たあいなく死んでいるではないか。神の秘密、宇宙の秘密のこの非情にくらべ、私の秘密、私の智慧が何ものであるというのか」。だとすれば、その秘密、その智慧により、自分の書きものが八木のそれよりも立ち勝っているとしても、それがどうしたというのか。泰淳はあるインタヴューでこの作品をみずから次のように解説している。「『秘密』のアイディアは、大きな秘密の前には、より小さい彼の秘密などは、情け容赦もなく打ち壊されるということを書いた」（「作家に聴く・武田泰淳」一九五二年、『全集』18補遺〔別刷〕）。

簡単に言えばそういうことになるだろう。だが、この作品においては小さな秘密（計略）を用いて操る者が操られる者を支配する一方、大きな秘密のもとでは、操る者と操られる者とが同等となり、さらには両者が相互に「位置転倒」さえするという、泰淳独特の力関係が描かれてもいるのだ。〈私〉と八木は共に大きな秘密により操られる者である。その点で二人は同等である。しかし、それだけではない。泰淳のテキストには明確に述べられてはいないが、人間はすべて「神の秘密」「宇宙の秘密」により、「非情」に操られるはずの存在であるとすれば、何の価値もない日記を外套のポケットに入れたまま焔に包まれて死んでいった八木こそが、人間の本来的な受動性、受難性を体現していると言えるのではないか。彼は「脆弱な他者」なのだ。それに比べれば、さかしらな智慧で八木ごときを操り、得意になって生き残っている〈私〉のほうが、劣等な存在ではないのか。残された日記の一片を読んで〈私〉が「頭脳にカッと冷水を浴せるような感覚」に襲われたのは、そのことに気づいたためであった、と筆者は解釈する。そのことに気づいたからこそ、象徴的世界においては全く無価値な日記が、価値あるものと思われ、〈私〉はそれを守ろうと心に決めるのである。こうして、〈私〉と八木とは同等であるどころか、徹底的に操られた八木のほうが優位に立つに至るのである。つまり、両者のあいだに「位置転倒」が生じたのだ。

『秘密』において操る者である〈私〉はその力により八木一家などを操った。〈私〉は小さな秘密を武器として対象を操ることに成功したが、しかし〈私〉自身もより上位の操縦者により操られていることに思い至る。〈私〉は次のように語る。「神よ。(私はまたしてもこの畏るべき文字を使った)私はたしかに八木を裏切り、八木一家を裏切っていた」。しかし彼らと私の関係を「このようなものにおち入らしめたものは、私自身でありましょうか。私のいやらしい智慧でありましょうか。しかしその私を動かし支配なさるのはあなたではないでしょうか」。そして、「私のいやらしい智慧は、〔中略〕あなたの智慧を学」んだためである、と言う。それでは、あなたの智慧から何を学んだのか。それは、微小な我々を自由に生み、動かし、そして消し去る「非情にして秘密の力」にほかならない。だが、人は様式は学ぶことはできるが、力は学ぶことはできない。だから、力を学ぶとは、力を汲み取ることだ、と解すべきであろう。

ところで、筆者は『審判』における純粋殺人の動機を論じた際、主体を操っているのは現実界の「何か」であると述べた。『秘密』において〈私〉を操っている力も、この現実界の力である、と言ってよかろう。〈私〉はこの力から対象を操縦する力を汲み出していたのだ。泰淳の思想の中で力の概念は重要な位置を占めている。その点で、見かけは全く似ていないが、彼は意外に一面ではニーチェ主義者に近い。奥野健男が泰淳の中にサディストの一面を見たのも無理からぬ話である。

次に検討しようとしているテキストは、特異な形ではあるが、現実界からの力の汲み出しの過程をミクロなレベルで描いている点で『審判』に匹敵する。空襲に備える防火班の班長にふだんから憎まれている主人公（唐木）が酒を呑んで寝ていると、班長がどなり込んできた。唐木は預かっていた犬に向かい、今まで一度と出したことのない命令の一句、「アタック」という一句を口にする。「何故「アタック」という言葉をその時自分が使用しなくてはならなかったか、唐木には不明だった。憎しみのためでも、身を守るためでもなかった。班長の手にしたステッキがビュッと音をたてた直後に、「アタック」という命令が、口を突いて出ていた」。犬は班長を嚙み殺す（『夜の虹』一九四九年、『全集』2）。

もし、彼がこの命令のゆえに刑事裁判にかけられたとしたら、裁判官は「憎しみのため」「身を守るため」に犬をけしかけたと、この殺人の動機を判定するだろう。だが、それはありふれた動機のカテゴリーを個々の行為に当てはめただけで、個々の行為のリアリティをとらえ損なっているのだ。泰淳はそのことを十分に知っており、そうしたカテゴリーから洩れ落ちるリアリティに光を当てているのである。

引用したテキストの少し前のところで次のような行為者の内面の記述がある。「今日こそそこの家もいよいよ焼ける。太刀〔犬の名〕はいかにも身がまえた姿で立ち、耳を三角に立てて、賢そうな眼で唐木のうごきを見守っていた。その犬がジッとしているのに、それが近づいたり遠ざかったりする錯覚におそわれた。軽い目まいがして、畳が背の下から離れたり、もち上ったりした。〔改行〕「命令を下してやるか。俺と太刀の最後の前にひとつ命令を下してやるか」唐木はできるだけの大声で、知っているかぎりの命令をどなった。犬の動作は見ずに、あおむいたまま、たてつづけにどなった。〔中略〕犬が尋常でない興奮におち入って行くのが、そのうなり声でわかった。そのうなり声もしかし、充血してガアーッと鳴りつづける耳に、きれぎれに入るだけであった。「もしかしたら犬が俺を噛むぞ」自分の胸の苦しいあえぎか、たけりたった犬の荒々しい呼吸かわからなくなることがあった。犬の尾や爪や、冷い鼻さきが、たびたび自分にふれる気もした。〔中略〕「もう俺の一生に、こんな充実した混乱は二度と来はしないぞ。こんな一人前の酔いと目まいは」唐木は夢うつつに、そんな考えを、うかべた。「今なら何か俺はするぞ。何かきっと」酔いは波のようにひいてはまたおしよせた。そして砂をくずすように意識をうばった」。班長に向けて犬をけしかけたのはその直後であった。

このテキストは極めて注目に値する。まず、太刀の描写の迫真性に驚かされる。その迫真性はトルストイの動物（たとえば馬）描写に匹敵するだろう。太刀の描写の迫真性は唐木がこの犬と一体化している状態を通して描かれているためだろう。この一体化は彼の胸の喘ぎなのか、犬の荒々しい呼吸なのかが彼自身にも分からないまでに至る。彼は自分でありながら、犬ともなっているのだ。ということは、現実界の身近にいる他者たる犬を通して、唐木の生命のリズムと現実界のリズムとが共鳴していることを意味する。こうして、現実界の力が唐木に侵入してくる。彼は意識を奪われる。

なお、唐木が空襲で死を予期せざるをえない状況に置かれていたことにも注目しなければならない。この状況に泰淳の戦場体験が重ねられている。こういう状況に置かれた時、人は何でもやってしまいかねないのだ。唐木はあとでこの事件を追想する。「あの時の俺のやったことは、どうしたって俺のやりそうもないことなんだけど、やっぱりやってしまったんだからな」。それでもなお彼が班長殺しの真の動機を語るように強いられたら、太刀から伝わってきた力に動かされたためだと、答にならない答を返すだけだろう。彼は受動的な「物」のような存在なのであり、自己決定性などほとんどもち合わせてはいなかったのだ。

初期の作品の中では最も長い『「愛」のかたち』（一九四八年、『全集』２）は不感症のヒロイン町子を巡り、彼女の夫と二人の恋人の四人が繰り広げる心のもつれに立ち入る物語である。この小説は二人の恋人の一人、光雄（第三章では山下と呼ばれている〈私〉）のもつ二つの相反する特徴が、「危険な物質」と「利口な野獣」という印象的な言葉で表されていることによっても、かなりよく知られている。

「危険な物質」とは何か。それは対象に情熱をもってかかり合おうとしない無感動な受け身の状態を指している。「光雄の胸には漠とした悲哀、ほとんど無感動ともいうべき悲哀がみちていた。野口〔町子の夫〕に対する嫉妬でもなく、町子に対するあわれみでもなかった。自分は何物かを冒瀆している、しかもそのような冒瀆から、もう自分ははなれられない、と彼は感じた。自分は眺めている。男と女の肉体を眺めている。そのまじわりを眺めている。情熱のこもらぬ眼で、まるで物体でも眺めるように、のぞき込んでいる。〔中略〕光雄は、この雨にぬれしょぼれて家路をいそぐ人間の群、怒りを持ち、喜びを持つ肉体の間にもまれながら、自分だけが異常な物質のように感ぜられて来るのであった。町子からもはなれ、野口からもはなれ、あらゆる肉体のあたたかみや弾力からはなれ、自分自身がある有害な放射機能を持つ危険な元素でもあるかのような、けだるい、うごかしがたい感覚が、彼の全身に生きはじめていた」(『「愛」のかたち』第一章)。

光雄のこの無感動な受動性が不感症の町子にとって好ましい特性であった。なぜなら、彼は彼女を肉体的に独占しようとする執着に欠けているので、男に肉体で反応する能力に自信のない彼女は追いつめられないで済むという安心感を彼にいだくことができたからだ。だから、彼の無感動な受動性は彼女の不感症の等価物であったのである。(2)

ところが、この「危険な物質」は時として並々ならぬ「実行力」を発揮する。それは「私の

(2) この点については拙著『個人主義の運命——近代小説と社会学』岩波新書、一九八一年、一六六頁、参照。

内部の愚劣な馬鹿げたものの働きなのだ。〔中略〕その「実行力」なるものは、私に無断で、私にそむいて、私を嘲笑するかの如く振まうのだ」（同上、第三章）。たとえば、待ち合わせている町子に出会う直前に、乱酔し、U町のガード下あたりで脱糞する。「私は小心な臆病者であった。しかし「私」は無恥厚顔であり、何事もなしうる無感覚にめぐまれていた。「私」は如何なる屈辱をも意に介しなかった」（同上、第三章）。

屈辱も意に介さず、何でもやってのける「実行力」、これが「私」の「野獣」性である。それに加えて、光雄の友人でもあり、町子を巡るライヴァルでもあるMは、「利口な」という形容詞を付した。それはMの「町子に対する純粋な恋愛態度にくらべ、恋愛に於て傷つきもせず、損もしない光雄の態度」を指してのことであった（同上、第四章）。

以上を承けて光雄の述懐は次のように展開する。「動物的エネルギーが強いことから生れる悪、それを光雄が保持していると推定して、Mは彼を「利口な野獣」と呼んだ。また、動物的エネルギーが弱いことから生れる悪、それが自分に付与されていると推定して、光雄は自分を「危険な物質」と呼んだ」（同上、第四章）。ストーリーのうえでは、ある時点で光雄は「物質」から「野獣」に転じ、その力で町子を追いつめ、二人は破局を迎えることになる。

ところで、この「危険な物質」と「利口な野獣」との対比は、『審判』における「真空状態、鉛のように無神経な状態」と「無理」をしてでも「もとの私でなくなってみ」たい、力を行使したいという欲望との対比を思い起こさせる。また、この力を行使したいという欲望は、『秘密』や『夜の虹』においても主人公を時には一時的に、時には継続的に動かしていることを筆者は確かめた。ただし、これらの対比は厳密には相互に重ならないことを断っておく必要がある。無感動から力の充塡へ、受動性から能動性への移行は『審判』と『夜の虹』においては、力の充塡の瞬間の相においてとらえられているのに対し、『秘密』と『「愛」のかたち』においては、力の充塡の長期の相においてとらえられている。この違いのために、四つの作品における受動性から能動性へというテーマの共通性が見逃されやすい。しかし、この共通性は疑いもなく存在している。ただ、その共通性は『審判』と『夜の虹』とのあいだ、そして『秘密』と『「愛」のかたち』とのあいだで目立っていることは見やすい。

ここで、泰淳の作品全体にわたっての重要なテーマである力について、立ち入って検討を試みる必要があるだろう。とはいえ、力へのアプローチには、物理的なもの、生物的なもの、生理－心理的なもの、集合的なものなどいろいろある。これらの中で筆者は普通より広い意味での集合的なアプローチが、泰淳の念頭にある力をとらえるのに最も適切であると考える。しかし、他のアプローチに関する情報量はあまりにも多いので、これらを検討し、これらよりも集合的なアプローチを選ぶのが最も適切であるという論証を行う余裕が筆者にはない。そこで、こういった議論をさしおいて筆者の考えている広い意味での集合的アプローチを述べることにしたい。以下は前掲の拙論（「究極の他者について」）で述べたところとかなり重なるが、必要上再現しなければならない。

集合力と言えば、ふつう人はE・デュルケームの名を思い浮かべる。集合力の概念はデュルケーム学派だけではなく、G・ギュルヴィッチにも引き継がれた。彼らによれば同一集団に属する成員の相互作用から一種独特の力が発生する。この力は成員の一人びとりの力以上のものである。この集合力が個人の力に還元されえないのは、水の属性がその要素である水素と酸素の属性に還元されえないことに等しい。諸要素の相互作用からそれらには内在しない創発的な特性が出現するのだ。デュルケームは集合力の例として一人びとりの個人がもち合わせていない力が群集において発生する場合を挙げている。また、宗教的イベントにおける集合的沸騰の場合もその一例である。この集合力が個人に内在化した時、彼は彼だけに属する力を超えた強い力により動かされていると感じるのだ。

以上で述べたいわば集団的集合力のほかに、もう一つの集合力がある。この力の存在を筆者は前掲拙論でも仮説として提起した。その仮説はドゥルーズ－ガタリのモル的集合と分子的多様性（分子以下の微粒子の相互作用）の区別に示唆を得ている。Iで『廬州風景』を取り上げた際、筆者は象徴的世界とその外部の現実界との区別を述べた。筆者の解するところでは、象徴的世界とはモル的集合が相互作用により組織された平面に相当する。この組織平面においては凝縮した形態（たとえば家族内の父、母、子）がその機能を遂行している。しかし、モル的集合は分子よりももっと下位の微粒子がたまたままとまって固定した形態であるに過ぎない。微粒子の運動は他方では固定した形態にまとまることなく、絶えず相互に結合と分離を繰り返してゆく。この運動の側面は組織平面より深い層（平面）であり、存立平面と呼ばれる。存立平面は現実界に相当すると筆者は考える。

モル的集合の組織はさまざまの集団の形態をとる。家族、地域集団、職業集団、国家、およびこれらすべてを包摂する社会など、これらの集団が象徴によって規定されたそれぞれの機能をつうじて相互に連結しているのが象徴的世界である。一方、微粒子の運動はこれらの集団の枠をくぐり抜ける。そして、同じく他の集団の枠をくぐり抜けた微粒子と相互作用を繰り広げてゆく。こうした微粒子の相互作用の網である集合は超集団的集合であると言えよう。

集団的集合から力が発生することは、今日においてはほぼ一般に認められている。だとすれば、超集団的集合もまた、それに特有の力を発生させることを認めてもよいのではなかろうか。そのことを認めるなら、この力は現実界の力あるいは生《なま》の力と呼ぶこともできるだろう。

これまで読んできた泰淳の作品の中で問題にしている力は、この現実界の力あるいは生《なま》の力である。彼はこれを「実行力」とか「動物的エネルギー」と呼んだりしていた。しかし、彼は力であるという点で集団的集合力にも関心をいだいていた。ただほとんどの場合、彼がこの種の集合力を作品の中で取り上げるのはそれの政治的文脈においてである。つまり、それが政治力として現れる場合なのだ。

二つの集合力が出てくる象徴的世界と現実界との対比にパラレルな対比の枠組は、戦中の泰淳において歴史観という形ですでに抱懐されていた。ただ、この歴史観に実感が吹き込まれ、象徴的世界の外の現実界の感覚（もちろん泰淳がこうした用語を用いたわけではないが）を含む宇宙観の形をとるに至ったのは、泰淳の戦場体験と敗戦体験による、と筆者は考える。

泰淳の歴史観は処女作『司馬遷』（一九四三年、『全集』11）において早くも確立されている。「およそ個人にしても、血族にしても、集団にしても、持続が本能である。本能ではあるが、史記的世界では、この本能をとおすのが困難であった。しかし持続が困難なことは、「史記」では、栄枯盛衰、生者必滅的な意味、時間による変化の意味で問題にされているのではない。〔中略〕「史記」の問題にしているのは、史記的世界全体の持続である。個別的な非持続は、むしろ全体的持続を支えていると言ってよい。史記的世界は、あくまで空間的に構成された歴史世界であるから、その持続も空間的でなければならぬ」。諸部分の「自壊作用、相互中断作用にしても、すべては史記世界全体の絶対持続を支え満すものである」。『史記』をどこから読み始めても、結局は「この絶対持続へ行きつけるからこそ、史記的世界は、真に空間的なのである」。

全体的持続あるいは絶対持続を「空間」的と呼ぶことにはやや無理がある。持続は時間にかかわっているからだ。にもかかわらず、彼が「空間」という言葉にこだわるのは、史記的世界のテーマが栄枯盛衰、生者必滅ではないということを強調したかったのである。諸部分は盛衰し、消滅する。しかし、全体は絶対に持続するのだ。だから、部分には歴史性があっても、全体には歴史性はないのである。それゆえ、全体は空間的であると、どうしても言いたくなるのだろう。この全体を表すためにこれを母胎と呼んでよいかもしれない。母胎という言葉はさまざまの有限の個体、誕生し、存続し、消滅する個体を産み出すという意味を含んでいるので、泰淳の言う「世界」あるいは「全体」の本性を表すのに適切ではなかろうか。

以上が個別的な非持続と全体的持続とを対比させる泰淳の歴史観である。この対比が泰淳の戦後の小説の中に出てくる象徴的世界と現実界との対比にパラレルであることは疑いえない。『司馬遷』を書いた泰淳の歴史観の中に、視野と用語を多少異にするものの、菅野昭正もまた象徴的世界と現実界とを対比させる枠組を読み取る。「武田氏の認識の視座は二つの軸の交点に成りたっていて、一方にはたえず現在のなかに釘づけにされ、現在の壁を越えることができず、雑然と、混沌と揺れうごいているにすぎない人間の生と、そういう人間たちの集合である無定形な日常の世界、平面的な現実の世界に吸いよせられてゆく認識の方向がある。〔中略〕もう一方の軸においては、有限な個体としての持続の上に、遠い遠い彼方から合図を送ってくる無限・永遠の絶対持続という不可視の地帯のほうへも、認識の運動は動いてゆかなければならぬことになる。そのときはじめて、現世とそれを超える不可視の地帯とを二つながらふくめた世界の相貌を、その全体にわたって望見し、そしてまた人間という奇妙な存在の意味の根源にかすかに触れる可能性が、わずかながら開かれはじめるのである」。「武田氏のすべての小説をつらぬくあの方法ならぬ方法は、この恒常的な指向性のひとつのあらわれと見て差しつかえない」(「諸行無常」のかたち——武田泰淳論」一九七〇年、埴谷編『増補 武田泰淳研究』

〔『全集』別巻3〕所収)。

個体は持続するとはいえ、その持続は有限である。これに対し、それを超える「不可視の地帯」は無限に持続する。泰淳は日本国の敗戦にこと寄せて次のように書いている。「滅亡は私たちだけの運命ではない。生存するすべてのものにある。世界の国々はかつて滅亡した。世界の人種もかつて滅亡した。これら、多くの国々を滅亡させた国々、多くの人種を滅亡させた人種も、やがては滅亡するであろう。〔中略〕世界という、この大きな構成物は、〔中略〕ある民族、ある国家を滅亡させては、自分を維持する栄養をとるものである」(「滅亡について」一九四八年、川西政明編『評論集 滅亡について 他三十篇』岩波文庫、所収)。ここで泰淳が世界と言っているのは、もちろん筆者が母胎と呼んだものである。

民族や国家という個体は他の個体を滅ぼして生き残るが、やがてはまた他の個体により滅ぼされてゆく。それらの個体が、みずからを動かしてゆく力は集団的集合力としての政治力である。一方、母胎はこれら盛衰を繰り返す個体から栄養を摂ってみずからを維持し続ける。その母胎の力は超集団的集合力である。

個体はもちろん民族や国家に限られない。個人もまた個体である。『審判』の二郎、『秘密』の林、『夜の虹』の唐木、『「愛」のかたち』の林(光雄)がもつ操る力は彼らが現実界から汲み取ってきた力、生《なま》の力、超集団的集合力である。しかしまた、彼らは同時にこの現実界の力によって操られる者でもあったのだ。

Ⅲ　女性・政治・宗教

本論の冒頭で筆者は武田泰淳ほど戦争体験がその世界観（あるいは宇宙観）に影響を及ぼした作家はほかにいない、と述べた。同様に、だが多義的な意味で、戦後体験もまた泰淳の世界観あるいは宇宙観に強く影響している。ここで言う戦後体験とは個（当時は個人のことを人々はしばしばこう呼んだ）と集団（とりわけ国家と社会）との関係の変動の体験である。すなわち象徴体系の中での価値体系において戦前の集団の優位が戦後の個の優位へと逆転した体験。

泰淳は上海で敗戦を体験し、日本国家の保護を失った裸の個としての自己を見いだす。「もうこれからは国家の保護なしで生きて行くとすれば、かつては面白い奴等ぐらいに眺めていたこれらの人種（ユダヤ人や白系ロシア人）が、何か経験に富む大先輩のように想われるのも致し方なかった。日本人、ことに上海あたりに居留していた日本人は、もはやあきらかに中国の罪人にひとしい。中国ばかりではない、世界中から罪人として定められたと言ってよかった」（『審判』）。国家の保護によって得ていた市民としての権利をすべて剝奪された個、これが世界における泰淳の位置であった。この位置は数年前日本軍の占領下における中国の民衆の位置に似かよっている。つまり、敗者を一種のホモ・サケルの位置に置いた勝者の側の泰淳が、今度は逆に敗者の側に回されて一種のホモ・サケルと化したのである。私たちはふつうはどこかの国家の保護を受けているので、裸の自己を体験することはめったにない。しかし、敗戦その他の状況により、その保護を失う危険に潜在的にはいつも曝されている。敗戦のためではないが、政権の交代や政策の変化のもとで強制収容所に送られた囚人がそうである。潜在的には裸であるみずからを泰淳は現実のものとして体験したのだ。もちろん、敗戦によるこの体験は彼だけのものではない。同種の状況のもとでは誰もが体験することだ。この体験のもとでは国家の価値はゼロにまで下降し、人はそれにしか頼ることができないという意味で、個の価値が上昇するのである。

もう一つの変動は集団の拘束からの個の解放と言われたものである。これは戦後の日本人の多くによって、程度の差はあれ広く体験された。家族をはじめ国家に至るさまざまのレベルの集団は、戦時中からその成員を保護する機能を弱めてきた。戦争の遂行のため人や物を国家が民間から奪い、国民生活の窮乏が進行していったからである。敗戦によりこれらの犠牲が無意味だったことが明らかとなり、それまで成員が我慢して服従してきた集団の権威が一気に下落した。それにつれ、集団の拘束は封建遺制と呼ばれ、その拘束からの個の解放が戦後日本社会の理想的価値となった。

剝奪された個、裸の個という観念は、すでに戦前から泰淳にいだかれていた。司馬遷は政治権力によって男根まで剝奪された。この裸の個の場所に身を置くことで、彼は政治権力のはかない栄枯盛衰の姿を冷静に記録することができた。この頃、泰淳は作家として身を立てようとは思っていなかったろうが、何であれ物を書くにあたっての一つの立場はこれであると思ったことだろう。しかし、裸の個という観念に実感が吹き込まれたのは、戦場での兵士としての体験と戦後上海での亡国の民としての体験であった。ただし、戦場での体験はホモ・サケルとして殺されてゆく中国の民衆と同一化するという回路を経ての体験であったことは、先に述べた通りである。戦後の上海では泰淳はみずからが集団によって付与された装具をすべて剝ぎ取られた裸の個となったことを実感した。以後、集団の庇護を失った人物が彼の小説の中でしばしば中心的な役割を演じるのはそのためである。

これらの人物は、ある時は自己を卑小な存在とみなすエロ作家として登場する（『風媒花』一九五二年、『全集』4）。エロ作家と自称するのは正統的な作家仲間から外れていることを示すためなのだ。集団にしっかりと所属していないこと、したがってその集団から保護を受ける資格のないこと、これらを自認する人物としては、たとえば『異形の者』（一九五〇年、『全集』5）や『快楽《けらく》』（一九六〇—一九六四年、『全集』17）の主人公を挙げることができよう。彼らは外面はともあれ主観的には僧侶集団から外れているために、社会人としての自信を失っている。このような脱落の極限のケースとして泰淳は人肉食の罪で法廷で裁かれる『ひかりごけ』（一九五四年、『全集』5）の船長を描いた。

戦後の価値である個の解放に対しては泰淳の態度は複雑である。というのは、この価値は二つの部分を含んでいて、泰淳はその一つに対しては肯定的であり、他の一つに対しては懐疑的であるからだ。一つの部分は欲望の解放であり、他の部分は自律性あるいは自己決定性である。個の解放をみずからの立場とする文学グループとしては同人誌『近代文学』を挙げることができよう（もっとも、それは荒正人を代表的イデオローグとみなす限りにおいてである）。泰淳も『近代文学』におくれて加わってはいた（一九四八年六月）。だが、彼の作品の中では諸人物はしばしば自己決定の困難に陥ることは（『審判』『夜の虹』など）、先に検討した通りである。ほかにも、同じ困難、操られている感覚を語るテキストは少なくない。「柳はいつも、自分がまるで自分の意志でうごく「生物」ではなくて、何か大きなちからでうごかされる「物」そのものに、なってしまった気がするのだ」（『快楽』）。「「こうなったのは、実はなったのではなくて、ならされただけなんだわ」と、わたしは考えをまとめようとしていた」（『国防相夫人』一九六九年、『全集』8）など。泰淳は、いつも人格の深い層においての自律性に関して懐疑的であった。もちろん、「長いものに巻かれろ」式の他律性（いわゆる封建遺制）が彼の作品において肯定的に語られている例はひとつもない。しかし、彼はいわゆる封建遺制の圧力への抵抗にはさしたる興味をいだくことはなかった。彼がテーマとしたのは、もっと深い層から出てくる圧力に対しての主体の無力性である。しかしそれにしても、行為の自己決定能力に懐疑的な泰淳は、その意味で「近代主義」的な戦後派知識人の枠からはみ出す作家であった。

一方、個の解放のもう一つの部分である欲望の解放に関しては泰淳は概して肯定的であった。「概して」というのは、欲望の中に苦痛を伴う欲望をも含めているからである。この点についてはあとで述べよう。ここでは性的欲望にもっぱら注目したい。最も抑圧されやすいのはこの欲望だからだ。泰淳は次のように語っている。「寺に暮らしているあいだの、ムリヤリの禁欲、女性との断絶、それが戦後、爆発的に燃えあがったのも、作家としてはトクだったであろう」（「わが心の風土」一九六七年、『全集』18）。彼は一九三七年の秋、召集され、補充兵として神戸から中国に渡り、中国各地を転戦した。その間、慰安所で性的体験を何度か重ねたようであったが、詳細については語っていない。彼が女性と深いかかわりをもったのは、おそらく敗戦の前後、居留民として生活した上海においてであったと思われる。戦後、日本の内地で広がった欲望の解放という雰囲気は、女性への彼の欲望を「爆発」させる刺激となった点で、彼にとって望ましい状況であった。

以下しばらくのあいだ、泰淳の女性像を検討することにしよう。外国の女優が演じる女性のタイプを論じた彼の短文がある（「ジェルソミーナ型」とは何か」一九五七年、『全集』14）。その中で彼は「生活型」と「生存型」とを分けている。その文意を筆者なりに読み取ると、次の通りである。F・フェリーニの『道』に出てくるジェルソミーナは「生存型」で、ジュリエッタ・マシーナの演じるその精神的な魅力に比べると、「生活型」のスター（たとえばグレース・ケリー）の美はかえって鼻につく。ジェルソミーナが「最初の海岸のシーンからして、もう世間なみの歩き方ではない」。「将来の目的も、生活の設計も立てることのできない女にすぎない」。「彼女は、ただ生存しているだけである」。一方、「生活型」を演じている女優の中でも、その魅力が実は「生活」とは別の次元から出ている場合がある。たとえば、シモーヌ・シニョーレやマリリン・モンローがそうだ。彼女たちは「生活」の美ではなく、「生存」の美で、観客を悩まし、驚かす。「存在するだけで、何かしら新しい生存感覚をつくり出す」。そうだとすると、あらゆる女の魅力とはそういうものなのかもしれない。

さて、泰淳のこの女優論を一般化すれば、彼が女性に魅きつけられるのはその「生活」の層においてではなく、その「生存」の層においてである、ということになる。彼の言う「生存」とはもちろんサヴァイヴァルではなくイグジステンスのことだ。ex-istence とは「外に‐在る」の意である。外とは象徴的世界の外であるから、「生存」とは現実界に在ることにほかならない。現実界に在る女性とは、象徴的世界における母、妻、オフィスの同僚等々の役割から洩れ落ちる女性である。女性のこの層に極めて敏感であり、それを作品において表現するのが彼の特徴である。たとえば、彼は次のように書いている。「女というものは、腕力その他、はかないようでいて、妙に頼りになり、実はふてぶてしい。ときによると、男より頭が働く。急に強気になって、何があっても平然としている。人間以外の存在かもしれないが、やはり人間だというより仕方がない。この女の不可解さは、遠い過去のことではなくて、いまのいま、王嫣や給仕女、博士夫人や藤野、その他数知れぬ上海の女たちを、息苦しいほど彩っているにちがいない」(『上海の螢』一九七六年、『全集』18)。

こういった「人間以外の存在かもしれないが、やはり人間だというより仕方がない」女性を描くところに、柄谷行人も泰淳文学の特徴を見いだしている。ローマ兵士によって強姦され、イエスを生んだマリアの中に、柄谷は女性の「本質」を見る。そして、「この不可思議な女性像を表現しえただけでも、『わが子キリスト』のオリジナリティがあるといって過言ではない」と言う(「わが子キリスト」一九七一年、埴谷編『増補　武田泰淳研究』〔『全集』別巻3〕所収)。

ここで、女性が象徴的世界の外の現実界に在ると言った理由をひとこと述べておこう。女性は生と死のリズムに本性上強く参加している。出産とそれに伴う死の危険に巻き込まれる可能性は、その一つの徴候であると言えよう。いくつかの象徴体系において、男性が一般を、女性が特殊を表す(たとえば man や homme は男性であると共に人間を表す)のも、その証左となるだろう(もっとも別の解釈もあるが)。

泰淳は戦場において中国の民衆の中に他者を見た。この他者は身を守る権利を剝奪された他者、その意味で象徴的世界の外にある個、現実界に根ざす個であった。戦後、泰淳は自分の中にこの剝奪された個を見いだす。戦場においてのこの他者との遭遇は泰淳の作品に重要な影響を与えたことは先に見た通りである。戦後、個の欲望の解放の雰囲気の中で泰淳は女性と遭遇する。女性は象徴化から洩れ落ちる部分をかなり備えているので、他者に近い存在であると言えるが、しかし、その他者性はたとえば占領下の中国の農民ほどではない。それにしても、女性は象徴的世界の典型的な住民である男性に比べれば、ずっと現実界に近いところにいる。

しかし、女性との遭遇の仕方はいろいろある。その中にあって、彼女の準他者とも言うべき部分に最も接近する仕方はおそらく恋愛であろう。泰淳は戦後、恋愛をつうじて準他者としての女性に遭遇した。愛一般について言えることだがとりわけ恋愛は主体を対象の「存在」の層に──「生活」の層にではなく──向かわせる作用である。この作用により、対象は主体に向けて、しばしば「生活」のヴェールで蔽われている「生存」の層を開示する。人はここで『「愛」のかたち』のヒロイン町子を想起するかもしれない。確かに彼女は、作家の観念の産物（よくあることだが）にとどまることなく、生きた人間としての迫力を備えている。だが、女性のもつ他性を作家は彼女の不感症のせいにするように見えるところがあり、その点で女性のもつ他性を描き切れていないという感が残る。他性とは象徴的世界にある主体にとって到達困難な現実界の側面を指す。この到達困難を描いた代表的な作品（と筆者には思えるのだが）として『もの喰う女』（一九四八年、『全集』２）を挙げることができる。

『もの喰う女』の房子は『「愛」のかたち』の町子が欠損部分を抱えているのと対照的に豊饒を思わせる特徴を備えている。房子は多分作家自身である主人公が町子（『もの喰う女』では弓子）と同時につきあっている女である。主人公は泥酔に近い状態で房子を家に送ってゆく途上、闇の小路で乱暴に彼女を愛撫する。彼女は自由にさせている。彼は急に「オッパイに接吻したい！」と言うと、彼女は一瞬のためらいもなく、わきの下の支那ふうのとめボタンを二つ外す。乳房が一つ眼前にある。彼はそのふくらんだ物体を口に当て、少し嚙むようにモガモガ吸う。そしてすぐにやめる。彼女はやさしく笑って「あなたを好きよ」と言い、姿を消す。

彼はそれ相応の満足を得たか。否《いな》。「何か他の全くちがった行為をしたような気持」が残る。つまり、彼は何かに到達したかったのに、その道が見つからず、変なことをしでかしてしまったのだ。彼は友人の家の方角に向かって、のめるように歩き続ける。胸苦しく、恥ずかしさと怒りに似たものが重く底にたまり、その感覚はますます強まってゆく。「不明瞭な、何かきわめて重要な事実が啓示される直前のような不安が、泥酔の闇の中に火花の如くきらめ」く。彼は本当は何を求めているのか。作家は答えない。筆者が代わって答えるなら、それは現実界への没入である。その没入に伴う享楽はめったに味わわれることはなく、たいがいはそれに至る「啓示される直前のような不安」で終わる。作家がこのように書いているのは、現実界への没入の困難をしるすという消極的な仕方でしかその没入を語ることができないからである。

房子の系列に属する女はその後いくつかの小説の中に登場する。『女の部屋』（一九五〇年、『全集』3）の花子、『春日異変』（一九五一年、『全集』3）の桂子、『風媒花』の蜜枝など。これらの女たちのモデルとなっているのは、それぞれかなりデフォルメされているが、のちに作家の妻となった百合子夫人である。

これらの女たちはそこに根づいている現実界の化身として主体の対象となる一方、彼女たち自身が自己の内部の現実界を語ることもある。彼女たちと同一化した作家が彼女たちに代わって語るのだ。

『森と湖のまつり』（一九五五—一九五八年、『全集』7）のヒロイン・画家の佐伯雪子は次のような夢を見る。彼女は柔らかい地層を通り抜け、どんどん落下してゆく。この地層はぞっとするほどおびただしい赤ん坊の肉から成っていて、いつになったら通り抜けられるか分からない。赤ん坊たちは「ぬゥ」とか「いィ」とか「あァ」とかささやいている。そのささやきは彼らの母である雪子に向けての訴えであり、非難なのだ。「夢の中の雪子は、自分の一生がこんなに落下するばかりで、少しも上昇できないので、すこぶる不満だった。こんな運命になるはずではなかったのに。沈んで行く彼女の身体にぶちあたるのは、顔も胴体もない手脚の群、その次には、白く肥え太った赤ん坊虫の大群団ばかりなのだ。沈むことが、画家の修業に大切なのはきまっている。しかし批評家も見物人も画商もいない、こんな原始根源の底の方へひとりっきりで降りてきてしまって、それですむだろうか。偉い画家になるというのは、たとえ一度は沈降しても、どこかで上昇できることではないだろうか」。

雪子が夢をつうじて下降してゆくのは現実界であることは、これまで述べてきたところから明らかだ。この小説の中で雪子は強い生命力をもつ女性として描かれている。雪子だけではない。この小説に出てくる他の女たち、アイヌの千木鶴子《ちぎつるこ》や風森ミツもまたそうである。彼女たちの生命力は現実界から汲み取られたものと見てよい。泰淳の作品の中では生命感に溢れた女たちがたびたび登場するが、『森と湖のまつり』は泰淳文学のこの特徴が最もよく現れている作品であると言えよう。

女たちの力が泰淳の場合現実界の力であるとみなしてよいが、力にはもう一つのタイプがある。それは先に述べたモル的集合から出てくる力、集団的集合力である。集団的集合力の一種に政治力がある。政治力とは集団を継続的に支配する力を指す。政治力の頂点にあるのは政治権力であり、これは一社会の中で合法的に暴力を行使しうる力にほかならない。

政治力もまた力である点で泰淳の関心を引きつけてきた。初期に長い評論『司馬遷』を彼に書かせたのも、一つには『史記』の世界が政治力があい争う舞台であったからだろう。彼は次のように語っている。「僕は、政治的なものを、その頃〔北海道大学を辞め、小説を書くことに専念し始めた頃〕から書きたいと考えていた。〔中略〕戦後出た作家なども、みなそうだと思う。〔中略〕政治というものは、庶民の結びつきだと、僕は前から感じていたし、また人間は、どうにでも変えられるものだということも、感じていた」(「作家に聴く・武田泰淳」)。彼はまた臼井吉見との対談でも、次のように語っている。「なぜ歴史小説、大衆小説が読者に喜ばれるかって言うと、あれには政治を動かす側、政治の中枢部も主人公になりうるからだ。ところが、私小説にしても、ほかの新しい純文学作品にしても、いつも追われたりいじめられたりする側ばっかりで、ほんとうのものすごいエネルギーというやつが出てきてないね」(「政治と文学」一九五五年、『全集』別巻1)。

しかし、泰淳の政治力への関心は、それが力であるという点で現実界の力を思わせるところからきている。それは現実界の力の似姿である。しかし、似姿である以上、政治力は一時的には強い効果をもつことがあるとしても、現実界の力のように持続することはない。それはやがては衰弱し、消滅するというはかなさを特性としている。

『貴族の階段』(一九五九年、『全集』6)では重臣の西の丸秀彦公爵とその長男である革新派の見習士官(二・二六事件がそのモデル)の義人《よしと》という二つの政治力の担い手が登場する。当主の長女である氷見子が語り手で、父と兄の対立をどちらにもくみせず観察している。決起の日の前日、攻撃目標の一人とされている父に最後の別れを告げにやってきた兄に氷見子は睡眠薬を飲ませる。眠り込んだ兄の寝顔を見ながら彼女は次のように呟く。「彼アダム、彼スサノオノミコトは、肉の力をみなぎらせ、心の糸を張りに張って、『生の代表者』『命の保持者』として、自分の両脚をしっかりと踏まえる。しかし、毎夜、『睡り』が襲ってくる。その『睡り』は、どこからやってくるのか。それは、うねりにうねる巨大な闇の沈黙のなかから、やってくるのだ。はかり知れない、悠久のふところが、自分の生みだした生物たちに、誕生の地を告げ知らせるために、やってくるのだ。(中略)人間は、自分の寝顔を見ることを許されない。それは、なぜか。睡りの包蔵している、天地の秘密のおそろしさと直面するのは、あまりに可哀そうだから、そう命令され、そうできあがっているのだ」。人間は現実界に直面するのを怖れる。だから、無防備で無意識の睡眠時を狙って現実界が人間に到来する。それゆえ、この怖れを回避させるため人間は自分の寝顔が見えないよう工夫されているのである。氷見子は兄の寝顔の中に個体に漲る力のはかなさを見る。事実、氷見子が意図したわけではないが眠らされていたため、要人襲撃行動に参加できなかった義人は自決する。政治性の全くない一少女の阻止により、彼の政治力は一挙に消滅してしまうのである。

この小説は現実界に身近な少女たちの視点から男たちの政治力のはかなさを告げることをテーマとしている。貴族やブルジョアや将官の娘たちが開花した桜の木々の下でつどうた日のこと、氷見子は桜の木の下に屍体が埋まっているという、病弱の作家（梶井基次郎）の小説を思い出す。彼女はふと樹影の片隅に佇んでいる猛田節子が屍体の上に立っているような気がする。彼女の父陸軍大臣猛田大将は西の丸家に親しく出入りしている軍人で、革新派の青年将校たちの庇護者と目されている。節子は西の丸の愛人でありながら同時に義人と相愛の仲になる。ここでもまた、女性にとって男たちの政治的立場は問題にならない。屍の住む現実界に根づいている節子にとって、地上の政治権力を巡る立場の差異はほとんど無に等しいからだ。しかし、義人という存在は、彼女にとって決定的に重要であった。彼の死を知って彼女はその後を追う。

『わが子キリスト』（一九六八年、『全集』8）は政治力がイエスを救世主に仕立て上げてゆくという物語である。いくつかの新興宗教の教祖の一人に過ぎなかったイエスがどうしてユダヤの宗教指導者にまで昇りつめたのか。ローマからユダヤ人を支配するために派遣された顧問官は分立している諸セクトを各個に支配するよりも、中心的なセクトを育成し、それを支配するほうが統治上効率が高いと考えた。そこで、彼は中心的な宗教指導者にふさわしい人物としてイエスに目をつける。イエスの実の父である元ローマ兵士も顧問官の選択に私欲も手伝って同調する。こうした政治力がイエスを不滅の救済者に仕立て上げることになったのだ。一方、ユダはイエスを見殺しにした弟子たちのすべてに代わって裏切り者の汚名を一手に引き受け、イエスを教祖とする教団の基礎を築いた。不滅の救済者イエスは、これらの操る者たちの政治力によって誕生したのだ。この物語には、人間は状況しだいでどうにでもなる、という作者の人間観が透けて見える。その人間観は、人間は政治によってどうにでもなる、というJ・J・ルソーのそれにつうじるところがある。しかし、ルソーが「社会契約」による人間の変革のヴィジョンをいだいていたように、泰淳の人間観もまた単なるシニシズムに還元することはできない。というのは、顧問官の強い政治力はそのうちに衰亡するにもかかわらず、操られるだけだったこのローカルな教祖は、ほとんど不滅の存在と化したからである。この操る者と操られる者とのパラドキシカルな関係こそ、泰淳の人間学あるいは政治学の基本的なテーマであった。

革命志向の政治力への泰淳の関心は古い。彼は学生時代、党の情宣活動の一環として郵便局にビラを撒きにゆき、留置場で取り調べを受けたことがある。その当時の経験はその後いくつかの小説の中で語られている。彼を政治活動へ向けさせた主要な動機は平等への志向であり、これは仏教の立場でもある、と彼は考えていた。

『快楽』の中で動物的エネルギーの持ち主である穴山の口を借り、この平等志向を若者らしい過激な形で語らせている。「おシャカ様によれば、人間は平等だということだ。平等な人間なら、あれが好き、これが嫌いというのはおかしいじゃないか。好き嫌いは、差別だ。〔中略〕差別が一寸《ちよつと》でもあったら真理は崩壊するんだ。〔中略〕好きも嫌いも、要するに執着だろ。執着があったら、人間を平等にとりあつかえっこないんだ。もしも人間を平等にとりあつかえない仏教だったら、そんなものはインチキにすぎんのだ」。対話の相手、作家自身を思わせる主人公の柳は、いつものように相手の意見に対してははっきりした賛否の反応を示さない。柳青年は宗教にかかわる問題に関してはいつも懐疑的である。しかし、彼は好き嫌いの超越や執着の放棄が、彼自身を含む普通の人間にとって極めて困難であると感じており、この点に関しては穴山の意見に同調しえないものの、平等の理想そのものに関しては否定はしていない（『全集』17、四〇—四一頁）。

裕福な呉服商の娘で柳を愛している久美子は、彼から離れ、党のハウスキーパーとなって貧しい生活を送っている。彼女は彼に言う。「私は今、仏教の中にいるのよ。今まで、かつてなかったほど、仏教そのものの中に入っているのよ」（同上、四〇一頁）。

しかし、柳は政治活動にも参加する気になれなかった。その理由はこうだ。政治活動は平等をめざすとしても、その過程においては、活動家は一般大衆を導く「えらばれた者」としての意識をもたなければならず、また必要とあれば敵（たとえばスパイ）を殺さなければならない（同上、一二二、四〇〇頁）。この意識や行動は共に平等に反する。つまり、平等を目的とする政治活動は、手段としては平等の否定に向かうのだ。

政治活動と宗教活動の違いに関する泰淳の見解は、戦後の文学者のあいだでは繰り返し語られてきた政治と文学の対立の議論と重なる部分が多く、その点では格別ユニークなものではない。ただ、好き嫌いまで不平等とみなし、この不平等は執着に根ざしているという仏教観は、筆者の狭い知識の範囲内ではあまり類例がない。それは泰淳独特のものと言えるのではないだろうか。彼は他の作家の作品に対しては、例外もあるが、おおむね極めて甘い評価を与える傾向があったと言われているが、そのことは彼の仏教的平等主義と無関係ではなさそうな気がする。

最後に、泰淳の宗教へのかかわりを検討しよう。彼は次のように語っている。「すべてのものは変化するのだが、変化するもの同士がおたがいに関係しあっている。ただ単に一人だけで変化していくものはなにものもない。関係しあいながら進化していくのが仏教の定理です」（「文学と仏教」一九六三年、『全集』18）。これはどこかで聞いたことのある言葉だ。そう、これは司馬遷の歴史観を思い起こさせる。ただ、司馬遷の場合は、個が相互に関係しながら全体が持続するとされているが、上記のテキストでは全体という言葉は出てこない。「関係しあいながら進化していく」のは何なのか。個なのか、全体なのかが分からない。しかし、「変化」と「進化」という二つの言葉が使われているので、「変化」するのは個、「進化」するのは全体だと解することもできよう。そうだとすれば、個は相互に作用し合って変化する一方、全体もそれにつれて進化してゆく、ということになる。ここで私たちは、泰淳の宇宙観が、一方では司馬遷の歴史観の解読の枠として現れ、他方では仏教の哲理と重ねられていることを知る。

柄谷行人は泰淳の言う仏教の定理の中に、いかなる超越者をも排除する内在の哲学を見る。それは「世界に意味があり目的があるという」プラトニズムふうの思考の対極に位置する。柄谷は続けて泰淳の「生々流転」(岡本かの子)の解説を引用している。「竜樹の空観なるものは、当時の自然科学によつて達成された確固たる最高の体系である。それは冷静無比な自然弁証法であつて、善男善女には一寸近寄り難く、いはんや無常を看板にさそひ、あはれをもよほさせるやうな、仕組にはできてゐない。〔中略〕仏教は元来、宇宙を空間的に把握し、物理化学的にたしかめ、かたよつたドグマを排せんとして出発したのであるから、平家物語的咏嘆などは、ごく気の弱い、気の狭い人々の思ひすごしにすぎない」(「仏教について——武田泰淳論」『全集』17解説)。このドグマの中に善悪を判定するドグマや個体の霊魂の不滅のドグマを含めても、泰淳の主張に反することはないだろう。

さて、この「冷静無比な」自然哲学にもとづく仏教の定理を受け入れるとすれば、「地上の倫理道徳、それこそ善いこと、あっぱれなこと、けなげな努力、めざましい奮闘のすべてが無意味であると、まあ、考えざるを得なくなってくる。どうせ、万事が無意味であると決まったんなら、何をやろうと、何をしでかそうと、同じこと。つまり、すべては許されてあるということに、なるじゃないか」。以上は浄土宗の僧侶である秀才の秀雄の言葉だが、それに対し、柳は例によって賛否をはっきり表明することなく「それじゃ、ニヒリズムじゃないか」と言葉少なに反応するだけである（『快楽』、『全集』17、一七六―一七七頁）。

泰淳にとって、この「すべてのものは変化する」がゆえに「すべては許されてある」という定理にどう対処するかは、大きな問題であったと思われる。「すべてのものは変化する」という定理を理性が承認できても、実際の苦悩はどうしようもなくのしかかってくるからだ。この種のニヒリズムに対して、ニーチェなら「これが人生か、よしもう一度」と言うだろう。つまり、この抵抗不可能な「自然」をみずから進んで受け入れるのだ。しかし、その決意を貫くためには超人的な力が必要である。泰淳にはそのような力はない。彼は『ひかりごけ』の船長のようにただ「我慢する」だけなのだ。しかし、この我慢の思想は後年のテキストから判断すると、一種の平等主義を含んでいることが分かる。

操る者と操られる者との同等性、あるいは相互の位置転倒は泰淳の初期作品を支える人間関係観であった。その人間関係観は後期の長編においても、顕在化しない場合もあるが、支えとなって持続している。それが最も顕在化したのは『富士』（一九六九―一九七一年、『全集』10）である。そしてそこでは、操る者が操られる者と苦悩を共有しなければならないという倫理が暗に語られている。

『快楽』で秀雄が言うように、仏教は欲望の放棄を説く（『全集』17、一七六頁）。だが、個体として生まれついた以上、いずれは滅びるとは分かっていながら欲望を放棄することはできず、欲望すれば苦悩を避けることはできない。人はこの苦悩をただ我慢するほかはないのだ。その苦悩の中には他人から直接にこうむる苦悩も多分に含まれている。『富士』の主要人物、精神病院の院長甘野博士は、幼い長男を子守の少女の手で殺された。だが、甘野は彼女を警察に渡そうともしなければ、私的な復讐を試みようともしない。何もなかったかのように以前と同じ待遇を続ける。この少女の苦しかった半生、甘野一家への羨望を思うと、彼女を罰することができないからだ。彼は何の咎もなく彼女によって（彼女だけではないが）苦しめられたが、彼女もまた苦しんでいる。二人が共に苦しんでいることを強く実感したせいであろうか、甘野は自分の苦悩を我慢するだけではなく、彼女の苦悩をも引き受けて我慢しようとするのである。

甘野と少女の関係は主人と子守女の関係だから、広い意味で操る者と操られる者の関係であると言えないこともない。同じ関係を泰淳は精神科医と患者の関係の中に見いだす。ただし、この関係はパーソナルな関係ではなく制度的関係である。一方は正常の側に位置し、他方は狂気の側に位置する。筆者の言葉で言えば、一方は象徴化を経た主体であり、他方はその象徴化が不全とみなされる他者である。しかし、正常者といえども象徴化は万全ではない。不全の部分も残っている。だから、異常な部分が「ふつうの人間にも分ちあたえられていなければならぬはず」だ（『全集』10、六〇頁）。甘野は彼我のこの共通性の認識にもとづいて患者の苦悩を自分のものとして引き受けようとするのである。

しかしまた、この共通性の認識者は、正常者のあいだの優劣の差異と同じものを異常者のあいだにも見いだしてしまう。いろいろの異常者がいる。その中で医師たちやその他の正常者が卓越した存在とみなしているのが一条青年である。舞台は戦時中の精神病院ということになっている。彼は自分が高貴な生まれであると主張する。彼は自分が宮様であるということの証拠は、誰ひとりそれを信じはしないのに、自分独りがそれを信じて、そのために死ぬことができるからだ、と言う。「地上の権威や支配とは全く無関係に、ミヤでありうる者のみが、真のミヤである」（同上、三二四頁）。やがて彼は不敬罪で憲兵隊に取り調べを受け、拷問により殺される。日本社会の当時の価値観は宮様に威光を付与している。その限りにおいて、一条は他の国民と同様に象徴化の作用をこうむっているのだ（過剰にこうむっているとさえ言える）。だが、その条件のもとで自分が宮様であるという証明を外的権威に依りかかるのではなく、その信念のためには死をも辞さず、自分独りの力によって行うというところに、象徴化から洩れ落ちる部分があるのだ。独りで行う勇気、それは貴族であることの証しである。

一条のこの高邁性は、たとえば大木戸の卑小性と比較されている。大木戸は並外れた食欲で知られている患者だ。この小説の主人公であり、語り手である大島（『快楽』の柳のようにいつもその態度は煮え切らない）は次のような感慨を催す。「大木戸孝次の死については、何も感激しなかった我々が、一条実見の死から大ショックをうける。（中略）我々の『生』は、どうしようもなく差別されている。だから『生』の影をとどめた『死』も、差別されてくるんだ」

（同上、三二一―三二二頁）。

甘野がこの感慨にどう反応するのかは書かれていない。甘野は正常者と異常者のあいだの苦悩の共通性を認識する。一方、大島は正常者と異常者のあいだの優劣基準の共通性を認識する。共通性の認識の点では同じだが、前者は平等主義に向かい、後者はそうではない。泰淳自身はどちらの共通性の認識を重視しているかは明らかではない。だが、小説の全体を通読すれば、作者は多少の懐疑を保持しながらも甘野の平等主義に傾いているという印象を否むことはできない。

操る者である甘野は操られる者の苦悩をも引き受ける。自分の苦悩が操られる者によって引き起こされたとしてもである。この苦悩は操る者自身が、巨大な何かの力により操られているために生じたことを知っているからだ。この自己の苦悩と共に他者の苦悩をも引き受けることと、他者と共に我慢すること、この倍増された苦悩には一種の享楽があるのではなかろうか。『快楽』の柳は警察署で二人の男に首を絞められたり、殴られたりする。「「快楽《けらく》！」〔改行〕ただたんなる苦痛のほかの、苦痛より目ざましいもの、或は苦痛よりもっと広く宇宙にひろがっているなにか。そんなものが、一閃する電光のように、感じられた」（『全集』17、六三頁）。カイラクと区別されたケラクは、他者の苦悩をも引き受けるという選択においても経験されるのではなかろうか。J・ラカンの言う享楽（jouissance）を思わせるこのケラクは、信仰のゆえにこうむる苦悩に耐える時の宗教的恍惚（extase）につうじるものであるとも言える。だから、甘野の自他の苦悩の引き受けは、キリスト教的とか仏教的とかいったラベルを貼ることはできないとしても、宗教的であるとは言える。甘野夫人は夫の死後次のように語る。「甘野はきっと、どんな不幸な患者よりも自分が、もっと不幸になることを、心のどこかで願っていたんじゃないでしょうか。〔中略〕患者からあたえられる不幸なら、それを喜んで〔中略〕受けるように、自分をしむけていたんじゃないでしょうか。〔中略〕ある種の患者さんは、何一つ悪いことをしないのに、何もかにも失ってしまわなければなりません。ですから自分も平等に、そうなったとしても不平は言えないんだ。そう考えていたのではないでしょうか」（『富士』、『全集』10、三六二―三六三頁）。夫人の解説通り、これが甘野の平等主義である。

この平等主義に立つなら、人は象徴的世界の何らかの価値基準にもとづいて他人を裁きえないことに思い至るだろう。裁く者自身が他人と同様に苦悩していることを認識しているからだ。ここに至って、読者は『ひかりごけ』の法廷の場で人肉を食った船長の首に現れるはずのひかりごけの光の輪が船長には現れず、彼を裁く側の人々の首に現れる理由を理解することができる。それは船長は誰をも裁くことなくただ「我慢」しているだけなのに対し、裁判官たちは裁く立場を堅持しているからである。この法廷の場は裁く者（操る者）と裁かれる者（操られる者）との区別が消滅する平等主義の思想を表している、と解釈することができる。(3)

しかし、甘野の平等主義が泰淳の到達した最後の宗教・倫理観であるかどうかは分からない。というのは、宗教・倫理思想の探求をテーマとする長編『快楽』が一九六四年に擱手されたまま、未完のままになっているからだ。しかし、『富士』におけるこの平等主義をいちおうの到達点であるとみなすことはできよう。

最後に、泰淳の平等主義はよく見られるような自他の類似性の認識から出発したのではないということを、もう一度確認しておこう。泰淳は中国の戦場において、また戦後の上海や東京において、自己と異なる者としての他者（あるいは準他者）に遭遇した。この他者との遭遇は平等の自他の関係ではなく、操る者と操られる者との不平等な関係という文脈のもとで出現したのである。それにもかかわらず、あるいはそれゆえに、操る者が同時に操られる者であること、したがって両者は苦悩を共有しうることが、操る者によって認識された時、苦悩の共有を通して両者は平等となるのだ。

泰淳は自己が中心になっている世界がすべてであるかのようなスタンスに立つ小説に対して批判的であった。志賀直哉による私小説、三島由紀夫によるモダンな心理小説に対する違和感はそのためである。そのような自己が中心の世界の外には現実界に根ざす他者がいる。その自己と他者との関係を描くことが泰淳の作家としてのスタンスであった。彼は「戦争に敗けなけ

（3）ひかりごけの光の輪が裁判官たちの首に現れる理由については藤場芳子「「よき人」との出会い」『連続無窮』創刊号、連続無窮の会（代表・阿満利麿）、二〇〇六年、参照。審く者と審かれる者との区別については松原新一「イデアへの到達——『ひかりごけ』をめぐって」一九七〇年、埴谷編『増補 武田泰淳研究』〔『全集』別巻3〕所収、参照。

ればぼくは小説を書かなかったろう」と語っている（臼井吉見との対談「政治と文学」）。この発言は、これまで述べてきた彼の戦時と戦後の状況における他者体験にもとづいているのだろう。以後、彼は発見した他者のイメージをさまざまの状況において見いだすことになった。こうした他者と自己の関係を描くことが、彼の全作品を貫く基本的なモティーフとなったのである。

殺人禁止の掟とその効力

Ⅰ 「殺せない」という感覚と「殺したい」という欲望

「なぜ人を殺してはいけないのか?」この問は最近(二〇〇八年六月)再び新聞や雑誌の紙面をにぎわせつつある。そのきっかけとなったのは東京・秋葉原でのK(二十五歳)による七人を無差別に殺害した通り魔事件である。この事件の犯人は一見したところごく普通の青年であり、精神異常者には見えない。そうであるだけに、「いったいどうしてこんなことが起こったのか」という因果論的な問と共に、「なぜ人を殺してはいけないのか」という倫理的な根拠を確かめようとする問が誘発されたのだ。しかし、この倫理的な問が紙面をにぎわせたのは、今回が初めてではない。一九九七年の「酒鬼薔薇」を受け継いだかのように見えた二〇〇〇年の豊川市の少年(十七歳)による老夫婦殺傷事件が起こった頃、十七歳という年齢への注目を背景として、「なぜ人を殺してはいけないか」というアンケートが多くの識者へ配られたことがある。今回の秋葉原事件の犯人は二十五歳だが、豊川市の事件の頃は十七歳であったから、その点に注目する人もいる。しかし、今回は二十五歳の犯行なので、十七歳問題（あるいは世代問題）は視野からほとんど消えた。その代わり、新しい貧困（ワーキング・プア）問題と貧困に伴う屈辱感の問題に光が当てられた。この屈辱感を共有する点で秋葉原事件が宅間守による多数の小学生殺傷事件に類似していると見る弁護士の見解も現れた。これらの見解はいずれも「なぜ起こったか」という原因論的な問に主として答えようとしている。倫理的な問一本にしぼった答としては、今回もまたかつてと同様次の二つあるいは三つのタイプの答が多い。「殺される身になってみよ。自分が殺されるのがいやだったら、他人にそんなことをしてはいけない」。「殺人は社会の秩序を紊すから、いけない」。「法律に定められているから、殺してはいけない」。一番目は想像力に訴えるタイプ、二番目は社会秩序の尊重、三番目は遵法精神に訴えるが、法律は社会秩序のためにあるとみなされているから、結局二番目と三番目は一つにまとめることができる。

これらの答に関しては筆者は部分的には同意見である。だが、核心的な部分に関し、筆者はずれを感じた。今回のアンケートへの答の中で筆者がその核心において賛同しえたのは次のような意見であった。彼女の意見のポイントを引用しよう。「私は子どもに〝そんなの当たり前だろ〟といっています。自分が殺されたら嫌だろう、とか命の尊さを説明するとかはしていません。だって、本当に当たり前のことだと思うから。深い説明さえいらない、絶対に変わらぬことだと、私自身がとらえているので。私がつたない説明をすれば、必ずその説明に対し、疑問があがってくると思うんです。だいたい、〝なんで人を殺しちゃいけないのか〟という質問に対しても、丁寧な答えを求められる今の世の中が気持ち悪いと思いますね」（『週刊女性』二〇〇八年七月八日号）。
〔中略〕私の言葉不足から。長く話せば話すほど、そうなる気

以上のように答えた室井佑月さんについては、時折見るテレビ番組のコメンテーターとしての発言を通してしか筆者は知らなかったし、それらの発言の中で特に印象づけられるものもなかった。だが、今回の誌上での発言は、前記の二つないし三つの回答以上に筆者には納得がいった。

上述の発言に筆者が同意した理由は次の通りである。人を殺してはいけないのは自明の理であること。にもかかわらず、その理由を説明しなければならない、という圧力が今日作用している、ということ。さらに、その圧力なるものは何か強迫性を帯びているので（と筆者は解するのだが）「気持ち悪い」ということも補足として付け加えておこう。以上の点が、筆者が──表現を異にするが──殺人禁止の掟に関して議論する問題である。

殺人の禁止はその根拠を必要としない種類の掟の一つである。つまり、この種の掟はそれを守るべき理由（rhyme or reason）を呈示することなしに人をそれに従わせる効力をもつ。殺人禁止の掟のこの特徴を明らかにするために、たとえばそれを飲酒運転の禁止の法律と比較してみよう。なぜ飲酒運転はいけないのか。この種の禁止命令が妥当性をもつことを主張するためには、この命令の外に根拠を求めなければならない。この場合、その根拠は飲酒運転は人身事

故のようなリスクを伴う、ということである。すなわちこの場合は、禁止命令を支える根拠は殺人禁止の掟なのだ。一方、それの根拠となる殺人禁止のような掟（loi）は、自己自身の外に根拠を求める必要はない。つまり、掟はこれが掟なのだから、それを守るべきだ、と同義反復するだけである。

では、論弁的な（discursive）根拠なしに、殺人禁止の掟はどうして妥当であるとして多くの人々に（もちろんすべての人々に、ではないが）受け入れられるのだろうか。それは論弁的な支えではないが、感情的な支えがあるからだ、と考えざるをえない。何の支えもなしに掟が掟として成立するとはおよそ考えられないことである。では、その感情的な支えとは何だろうか。筆者はそれを「殺せない」という感覚である、という仮説を提起したい。この仮説は、E・レヴィナスによって行われている主張と同じである。人間は、とりわけ対面状況のもとでは他者を殺せない。他者がその顔を通して「殺さないで」と訴える時、それは殺人の欲望に駆られた主体にとって抵抗し難い力である（合田正人訳『全体性と無限――外部性についての試論』国文社、一九八九年、三〇一頁）。その力は物理的な力ではない。むしろ物理的には無力であるがゆえに、かえって殺人を困難にする力である。他者のこの力、つまり無力が殺そうとする主体を萎えさせるのは、主体の側に「殺せない」という感覚を呼び起こすからだ。殺人禁止の掟を支えているのはこの感覚（感情と言ってもよい）である。

要するに、「殺すな」という掟は「殺せない」という感覚に支えられている、と言うことができる。そうだとすると、前者の掟は後者の感覚あるいは感情を代理しているということになる。この代理によって「殺すな」という掟が成立するのだ。もっとも、レヴィナスによれば「殺すな」と命じるのは、自己中心的に構成された世界の外にある〈他者〉である。したがって掟が発信される場所は世界の外なのだ。しかし、筆者も同意見である掟のこの外在性ないし超越性は、それが感覚を表象代理することと矛盾はしない。通常、掟とは何らかの自然の傾向を抑止するために成立した、と考えられている。そのような掟もあるかもしれない。しかし、殺人禁止の掟は原初においては自然の傾向である「殺せない」という感覚を抑止するのではなく、それを表象代理するために成立したのである。これが筆者の主張する基本命題にほかならない。

しかし、この命題に関しての異論は当然予想される。なるほど、「殺せない」という感覚が人間に普遍的に備わっているとしても、同時にまた、「殺したい」という欲望も、普遍的ではないか。「殺すな」という掟は、この欲望の抑止のために成立したのではないか、という反論である。確かに、侵犯される可能性を予想しない掟というものはない。殺人禁止の掟もまた、「殺せない」という感覚を表象代理するものではあっても、この「殺せない」という感覚に反抗する欲望、「殺したい」という欲望が、それに反抗するために、あるいは別の起源によって生起する可能性を予想している。しかし、だからといって、この掟はその欲望を抑止するために設けられたものではない。もしそれだけのためにのみ設けられたものであるなら、掟を支える感情的基礎を欠いているから、この掟の効力は極めて弱いものとなるだろう。殺人禁止の掟は何よりもまず「殺せない」という感覚の表象代理として成立したのである。

上に見たように、筆者は「殺したい」という欲望に人間がしばしば駆り立てられることを否定しているわけではない。むしろ、別のところでも述べたように（「報復・正義・赦し」『Becoming』第二二号、二〇〇八年）、人間の攻撃傾向には生理的基礎もあり、この傾向の極として殺意が出てくることを、筆者は肯定するのにやぶさかではない。そしてこの殺意の中には、あとで述べるように、他の動物には見られない人間特有の要素がしばしば含まれている。しかし、こうした「殺したい」という欲望の遍在にもかかわらず、実際に殺人が行われるのはごくまれである。それは、「殺せない」という感覚が作用しているからだ、と筆者は考える。確かに、ヒト種は他の多くの種に比べると、同じ種内の個体を攻撃するという、いわゆる種内攻撃が頻繁であるとする、エソロジストたちの指摘があるが、それでも純粋に対面的な状況においての殺人による死亡率はそれほど高くはない。人間が多量の種内攻撃を行う例外的な種であるという印象を与えるのは、大規模な戦争や大規模の他民族（あるいは種族）の排除といった、歴史的に構成された状況が、とりわけ二十世紀に入って頻出したからである。これらの状況のもとでの殺人は、機械化、組織化、イデオロギーの作用という諸要因により大量化されるに至ったのであり、もしこれらの要因がなければ、殺人による死亡率はもっと低かっただろう。人間は種内攻撃を行うまれな種と言われなくても済んだことだろう。だが、以上のような歴史的な要因によって動かされるのが人間の特性なのだから、それらの要因が作用しない架空の状況を仮定して、人間は種内攻撃を行わない他の種と大差のない種である、と主張しても意味がない、と反論されるかもしれない。しかし、人間の種内攻撃の程度を問題にしているのは、ここでは他の動物と共通する対面的状況における攻撃傾向の比較なのであり、したがって、この傾向に外在する歴史的要因を捨象する議論は十分に成り立つと思う。そこで、人間の種内攻撃は他の動物に比べて特段に頻繁であるとは言えず、またこの攻撃を抑止する力は、他の動物と同様「殺せない」という感覚からきている、と主張しうるだろう。

Ⅱ　ラカンの「言説」のフレームを通して『罪と罰』を読む

ここで元に戻り、筆者の読みを加えたレヴィナスの「殺せない」という感覚とその表象代理とをセットした命題を、J・ラカンの記号（マテーム）で表そう（式①）。

式①：　$\frac{S_1}{a}$

S_1は妥当性の根拠を必要としない通告（シニフィアン）であり、ここでは殺人禁止の掟を指す。小文字のaは本来は欲望の原因としてのリアルなもの（筆者の理解では生命的なものを含む）であるが、それはしばしばリアルなもの（生命的なものを含む）への欲望の記号に転用されることがある。ここでは主体の欲望が生起する以前の段階なので、aは「殺せない」というリアルなものの感覚を指す。それがどういう段階であるかは、あとでもう少し詳しく述べることにしよう。

次に、aによって支えられたS_1が能動者（エージェント）として第一ポジションを占める言説（discours）の一つを展開してみよう（式②）。

$$\text{式②}：\frac{S_1}{a} \rightarrow \frac{S_2}{\$}$$

これはラカンの「四つの言説」――主人の言説、大学の言説、ヒステリー者の言説、分析家の言説――の外にあるが、論理的には可能な言説の一つである。

ここで四言説論のある程度の解説が必要となる。精神分析の観点に立つなら、主体$\$$とは

単一で不動の実体ではない。主体はそれにかかわる他の諸要素（諸項）との関係の中で、さまざまの機能をもつ。つまり、主体は他の諸項との関係という構造の中にとらえられているのだ。他の諸項とはS_1、S_2、aである。先に見たようにaは欲望原因であって、リアルなもの（生命的なものを含む）である。S_1は妥当性の根拠を必要としない主たるシニフィアンであり、これを根拠につながる知の総体がS_2と呼ばれる。S_2という象徴体系によりリアルなものから分割された主体が$\$$である。

次に四項が占めるポジションは四つある。能動者は対象としての他者に作用し、その他者に吸収し尽くされない部分（剰余）をもつ何かが産出される。それが産出物である。一方、能動者を支えるものは真理と呼ばれる。

四つのポジションのうち、左上のポジションが第一ポジションである。そのポジションを四

$$\frac{\text{能動者}}{\text{真理}} \qquad \frac{\text{他者}}{\text{産出物}}$$

4つのポジション

$$\frac{S_1}{\$} \rightarrow \frac{S_2}{a}$$

主人の言説

$$\frac{S_2}{S_1} \rightarrow \frac{a}{\$}$$

大学の言説

$$\frac{a}{S_2} \rightarrow \frac{\$}{S_1}$$

分析家の言説

$$\frac{\$}{a} \rightarrow \frac{S_1}{S_2}$$

ヒステリー者の言説

項のどれかが占めると、他の三つのポジションのどれかを残りの三項のどれかが占めることになる。たとえば、能動者のポジションをS_1が占め、右上の他者のポジションをS_2が、右下の産出物のポジションをａが、左下の真理のポジションを$\mathbb{S}$がそれぞれ占める構造がある。これが代表的な言説であり、主人の言説と名づけられている。なぜ代表的かと言うと、何ら根拠を問われることなしに通告を行いうるS_1が、その性質上本来あるべき場所＝第一ポジションを占めているからである。また、他の三項（S_1の作用を受けるS_2、剰余として産出されるａ、S_1により表象代理される$\mathbb{S}$）も、本来あるべき場所を占めているからだ。

ラカンは他に三つの言説を呈示している。その一つは主人の言説における諸項の配置を逆時計回りに九〇度回転させ、第一ポジションにS_2がくる大学の言説である。さらに、大学の言説における諸項の配置を逆時計回りに九〇度回転させると、第一ポジションにａがくる。これが分析家の言説である。分析家の言説における配置をもう一度逆時計回りに九〇度回転させると、ヒステリー者の言説が得られる。もっとも、ラカンがセミネール17（『精神分析の裏側』）で四つの言説を取り上げる順序は、大学の言説の次にヒステリー者の言説がくる順序である。これは、大学の言説において産出物のポジションにある$\mathbb{S}$が今度は第一ポジションにくる、という意味での連続性に注目するからであろう。だがそれだけではなく、昇華を実現するという意味で最も重要な分析家の言説を最後に置くためでもある、と考えられる。ここで産出されたS1はリアルなもの＝ａを受け入れる。これが昇華にほかならない。

いずれにせよラカンが取り上げている四つの言説は、S_1が第一ポジションを占める言説（主人の言説）を起点として、諸項の配置を逆時計回りに三回九〇度回転させたことで得られる諸言説である。しかし、四つのポジションへの四つの項の配置の様式は、論理的には二四（4×3×2）通りあるはずだ。その中で四つの言説だけが取り上げられているのはなぜか。それは精神分析にとって価値があり、その関心を引くのはこれらの四つだからである（B. Fink, *The Lacanian Subject: Between Language and Jouissance*, Princeton University Press, pbk., 1997, p.198, note 5）。

以上のような次第なので、四言説の外にある諸項の配置様式を取り上げることは不当ではあるまい。その一つが上記の式②である。この言説を何と名づければよいのか。それは産出物の精神分析的主体である$\$$が出現したばかりの言説なので、自然人の言説とでも呼ぶことができよう。自然人という語はJ・-J・ルソーの自然状態から取ってきたものである。彼によれば、自然状態における人間は森の中で相互に孤立して生きているが、ただ憐憫（pitié）の感情はある。それは社会状態になって発生する欲望以前に存在していて、人と人とをつなぐ。「殺せない」という感覚は、ルソーの憐憫とほとんど同じであると考えられるので、この感覚によって支えられたS_1が第一ポジションを占める言説を、自然人の言説と呼んでも、それほど奇妙ではなかろう。ラカンの四言説は、欲望する主体が確立した以後、この精神分析的主体$\$$がどういうポジ

$$\frac{S_1}{a} \rightarrow \frac{S_2}{\$}$$

自然人の言説

ションを占めるかに関心の焦点を置く諸言説である。

以下ではドストエフスキーの一作品『罪と罰』を、「言説」論の視点から読解することにしよう[1]。この作品は殺人禁止の掟への主体の反応を極限形式で描いているという意味で、この掟の効力を問う議論の一つのモデルを呈示しているからである。『罪と罰』の作者としてのドストエフスキーの言説は、レヴィナスがその発端を示したa（「殺せない」という感覚）に支えられる「殺すな」という掟S_1から始まる言説（仮に自然人の言説と名づけたもの）であるように読み取れる。いわゆる「現代思想」の担い手とみなされる思想家の中にあって、ドストエフスキーの影響を受けたと自認しているのはレヴィナス一人なので、このような読み取りもそれほど強引ではあるまい。

　ところでこの自然人の言説は、レヴィナスによって展開されることはなかったが、上記のように展開されると、S_2の下に$\$$を産出するに至る。$\$$とは分割された主体であり、シンボリックなものによりリアルなものから切断された主体である。この主体は、失われたリアルなものを求める欲望をいだくが、その欲望の一つが「殺したい」という欲望なのだ。「殺せない」というリアルな感覚によって支えられたS_1が、S_2を経て「殺したい」という欲望をもちうる$\$$を産出するに至るのは一つのパラドックスである。しかし、$\$$は大学の言説においても産出される。その点で自然人の言説は大学の言説と同じ罪（ドストエフスキーにとっての）を背負わなければならないが、大学の言説を好まないドストエフスキーは、その責任をもっぱら大学の言説に負わせた。なぜ分割された主体が罪なのか。それは$\$$はリアルなものから切断されているからである。自然人の言説は$\$$を産み出しはするものの、aから$\$$を直接切り離すようには展開されていない点で、大学の言説とは異なっている。ドストエフスキーにとっては、人間とは絶えずリアルなもの＝生命的なものと合一する存在でなければならない。その場合、人間主体は$\$$ではなくSである。このSは自然においてはS_1／a（前掲式①）という形で実現されていた。ドストエフスキーの希求はこの状態を再現することにあった。議論を先取りすると、これが『罪と罰』の主人公ラスコーリニコフの復活が意味するものにほかならない。

ドストエフスキーにとっては有罪者である$\$$、つまり分割された主体を産出する大学の言説は、知S_2が第一ポジションを占める言説である（一七一頁の大学の言説式、参照）。この言説は近代化した資本主義社会において支配的な地位を得る。そして、資本主義が西欧に比べておくれて広がったロシアにおいては近代化は西欧化と重ねられていた。この点は明治以降近代化した日本の状況に照らし合わせると理解しやすい。啓蒙主義に批判的な作家であるドストエフスキーにとっては、主体とは西欧化によって分割された主体にほかならないように見えた。

（1） 以前、『罪と罰』を別の視点から読んだことがある（『ドストエフスキーの世界』筑摩書房、一九八八年）。別の視点からではあるが、以下の議論はそれによるところが多い。

彼の西欧化への批判的立場は、『作家の日記』を通してよく知られている通りである。『罪と罰』は大学の言説のもとで産出された$を主人公として設定しているように読み取れる。この言説の範例とでも呼んでよいものはこうである。中立を装う知S_2が知の体系になじんでいない未熟な学生＝対象aに働きかけ、知の体系に参加する$を産出する。一方、知$S_2$の背後（横線の下）には知を支える権力$S_1$が隠されている。[2]

主人公ラスコーリニコフも上記の範例にぴったりの元大学生（学費が続かず中退）であり、未熟な対象aとして知S_2の洗礼を受ける。その結果、インテリゲンチャの一員としてのラスコーリニコフの主体が形成される。しかし、この主体は知S_2にすっかり吸収されることなく、剰余を抱え込んだ$である。この剰余とは知$S_2$のコントロールを免れた欲望を含んでおり、その欲望はリアルなものを求めてやまない。こうして、主体$は、知$S_2$のコントロール下にあると同時に欲望するものでもある、という仕組になっている。

さて、ここで問題となっているS_2は、社会の法律的・道徳的体系である。なぜそうなのか。それは『罪と罰』のモティーフが殺人禁止の掟の効力を問うことにあるからだ。この掟はラカンの用語系ではS_1のカテゴリーに属する。そして、このS_1が知S_2の領域に作用すると、それは殺人禁止の掟を巡る法律的・道徳的体系となるのである。

ところで、このS_2に規制される$は、上に述べたようにそのコントロール下にある部分と欲望する部分とを含有しているが、その欲望は法律的・道徳的体系のコントロールから洩れ落ちるという意味で、「殺したい」という欲望を含む。殺人禁止のための体系が逆に「殺したい」という欲望をめざめさせるのである。G・バタイユはこのパラドックスを詳細に論じた。禁止が逆に禁止の侵犯を喚起するのは、人間主体に固有の自由という要因が介入してくるためである。

以上で見たように、『罪と罰』の舞台には、大学の言説における諸項が適正に配置されている。もっとも、作者は大学の言説に対して批判的な立場をとっており、エピローグでは彼自身の立場である自然人の言説へと移行する。この点についてはあとでもう一度言及することにしよう。

一方、『罪と罰』は一人称小説の形をとってはいないが、それはほぼ主人公ラスコーリニコフの言説を通して展開されている。その言説は大学の言説における産出物である$\cancel{S}$が第一ポジションを占める言説であり、ヒステリー者の言説と名づけられているものだ（一七一頁のヒステリー者の言説式、参照）。

ヒステリー者の言説の範例としてはS・フロイトに精神分析を受けたドラの場合を挙げるこ

（2）　この部分はラカンの短い説明（*Le Séminaire XVII* [L'envers de la psychanalyse] 1969-1970, Seuil, 1991, pp.172-173）とS・ジジェクの解説（鈴木英明訳「四つの言説・四つの主体」『批評空間』Ⅱ－二〇、一九九九年）による。

とができる（*Le Séminaire XVII*, p.107）。ヒステリー者SはS1である大他者にとって自分はどんな対象なのか、大他者は自分に何を望んでいるかを大他者に問いかける。ヒステリー者がこのように問いかけざるをえないのは、「お前は私にとっての性的対象aである」という答が返ってくるのを恐れているからだ。ヒステリー者はリアルなものへの通路である性器領域aを封印しているので、性的対象であるという答以外の答を追い求め続けるのである。このように抑圧された性器領域がSの下のaにほかならない。S1の下にあるS2は産出物としての知であり、SはS1の欲望対象であることを教える。しかし、Sはこの知を受け入れることができない。

ところで、いま問題にしているのは殺人禁止の掟なので、これをS1と措き、上記の範例に適当な変更を加えてみよう。ヒステリー者Sは「殺せない」という感覚を抑圧し、殺人を欲望する（ヒステリー者は欲望の主体である）。ヒステリー者は大他者S1に向かい、自分は殺すことができるかどうか、という問を発する。ヒステリー者は「殺せない」という感覚を抑圧しているので、こういう問い方になるのだ。この問は「私には殺すことが本当に許されているかどうか」という問と同じなのである。この問に対し、大他者S1は、ただ「殺すな」と答えるだけである。そして、このS1からS2が産出される。S2とは「殺すな」という命令を裏づける知であって、この場合は法律的・道徳的体系を指す。だが、ヒステリー者はこの知を受け入れることができない。繰り返すことになるが、ヒステリー者はS1から「殺すな」という答以外の答を引き出そうとしているからである。そのためヒステリー者はS2の教えを拒絶するが、それだけではなく、これをヒステリー者の「殺したい」という欲望を正当化するために用いることさえあるのだ。

なるほど、人の命を奪うことは一般的には確かに正義に反する。しかし、社会にとって何の役にも立たない金貸し（質屋）の老婆（まだ五十歳代で、今日の水準ではとても老婆とは言えないが）を殺して金を奪い、その金を学費として大学に復帰し、社会的に有為な人間となることがなぜいけないのか。そのことこそ正義にかなうのではないか。ラスコーリニコフはまた非凡人と凡人とを区別する倫理をもち出す。「殺すな」という掟は凡人にだけ適用されるものであって、非凡人はその適用を免れるはずだ。現に大量殺人を行ったナポレオンは非難されるどころか英雄視されているではないか。もし、私が非凡人のカテゴリーに類別されている人間だとしたら、殺人を犯しても許されるはずだ。いや、許されるどころではない。非凡人には殺人を犯す権利があるのだ。

以上が殺人禁止の理由（人命は貴重な資源といった）を教える知S_2を逆手に取り、この禁止を非凡人の殺人の正当化に悪用する議論である。ラスコーリニコフはこの議論を論文に書いたり、予審判事に語ったりするが、彼自身はその議論の真理性をまるで信じていない。こうして彼は殺人が許されているという確信を得ないまま、殺すことができるかどうかを験すために、言いかえるとその点に関する大他者の答を聞き出すために殺人を決行する。

その結果はどうであったか。殺人という行為に罪があるとは彼にはどうしても思えなかった。ただ「最後まで頑張ることができずに自首して出た」という一点においてのみ、彼は自分の罪を認めた。しかし、彼の良心は平静であった。にもかかわらず、彼は理由の分からない憂愁に取り憑かれる。彼は自分が死んだもののように無感動な状態に陥り、また彼の周囲も死んだもののように彼に無反応となったのを感じる。これが彼にとっての罰だったのだろう。そして、彼はのちにソーニャに語る。「おれは自分を殺したんで、あの婆あを殺したんじゃない！」

法律的・道徳的体系S_2の教えに背いたことに関しては、彼の良心は何ら痛まなかった。それは当然だ。彼はただ大他者S_1に対してのみ問いかけていたからだ。その答は？「お前の殺人を許す」という言葉は返ってこなかったことは確かだ。それは彼の心が憂愁に閉ざされたことから分かる。しかし、なぜそうなのかは分からないままだ。それは分割された主体である彼が「殺せない」という感覚を抑圧しているからである。この抑圧は自分が弱い人間であることを恐れる自尊心のせいであると解してよかろう。ラスコーリニコフが向かい合っていたのはもっぱらS_1であってS_2ではなかったことの証左は、次の事実に見いだされる。老婆の店を訪れて彼女を殺害した際、思いもかけず帰宅した彼女の妹をも殺してしまう。法律的・道徳的体系に問い合わせるなら、強欲な老婆を殺したことよりも無辜で無欲な妹を殺したことのほうが罪が重い、という答が返ってくるだろう。しかし、ラスコーリニコフの念頭には、こうした二つの罪の重さの比較は最後まで浮かんでこない。このことは、彼が「殺すな」という無条件的な命令の通告者である大他者S_1にのみ問いかけていたことを明らかにしている。

ヒステリー者の言説に導かれたかのようなストーリーとプロットの展開は、第二部から第六部までである。ラスコーリニコフは大他者に向かって自分は殺すことが許されているかどうかを問いかけ、そして、満足できる答を引き出せない。第六部まではこの不毛の問いかけが繰り返されるだけである。エピローグに至って、厳密にはエピローグ二に至って、ラスコーリニコフに回心が起こり、「新しい物語」が始まるという予告が行われる。回心の予兆はいろいろ語られているが、決定的な瞬間に関しては僅かしか語られていない。不意にソーニャへの愛を自覚し、彼女の膝を抱きしめた、と書かれているだけである。人を殺すことがなぜ許されないのかが彼には分かった、とは書かれていない。しかし、エピローグ二の読者にはそのように受け取ることができるように書かれている。

筆者の解釈は次のようなものである。ソーニャへの愛の自覚は失われていた生命感の復活の兆候を物語っている。生命感の一つの形態は「殺せない」という感覚である。殺人禁止の掟とはこの感覚の表象代理なのだ。これがなぜこの掟に従わなければならないのかの理由である。それが分かったというのがラスコーリニコフの回心にほかならない。

しかし、この回心を語るのはもはやヒステリー者としてのラスコーリニコフではない。彼は別人となった。ところで、この別人となったと語るのは誰なのか。自然人の言説に従っている作家ドストエフスキーなのである。

以上で筆者はいわゆる動機なき殺人の一つの範型をフィクションではあるが『罪と罰』にお

けるラスコーリニコフに見いだし、その動機を「四つの言説」のフレームの中に位置づけた。彼の犯罪はS_1の効力が弱まった近代社会の一つの症候を表していると見ることができる。実際、この小説が公刊されてまもなく、ロシアで一学生による類似の犯罪が起こった。彼の犯罪はラスコーリニコフの模倣によるものと考えられるが、模倣が生じるのはそれを生じさせやすい社会的基盤があるからだ。

時と所を大きく隔ててはいるが、同じタイプの動機なき殺人が今日の日本において人々の注目を集めた。それは冒頭で述べた酒鬼薔薇事件であり、豊川市の殺傷事件である。これらは共に少年による犯行（酒鬼薔薇の場合は十四歳という年少者）である点で注目を引いたが、筆者はそのほかに、犯行の動機に「目的合理性」（被害者への怨恨、物品の強奪などのためといった意味での）が欠けている点、自分が殺すことができるかどうかを験すという実験的性格を伴っている点にも、あるいはむしろこの二点目のほうに、関心をいだいた。[3] この二点において二つの少年犯罪はラスコーリニコフ型であると言えると思う。

しかし、今日の日本では上記のタイプとは異なったタイプに属するとしか思えないような、動機なき殺人が続出している。それは、いわゆる通り魔殺人を典型とするようなタイプの殺人である。このタイプに比べれば、酒鬼薔薇少年や豊川市の少年の実験型犯罪は、時期的にはおそく出現しているとはいえ、近代前期に対応する古典的な動機なき殺人であると考えられる。それでは近代後期に対応する別のタイプの動機なき殺人とはどういうものなのか。それは「四つの言説」のフレームの中ではどのような位置を占めるのか。これが次章以下の課題である。

Ⅲ　近代後期のアノミー型殺人

不特定多数を攻撃する通り魔殺人事件やそれに類する殺人事件はここ十年のあいだ次々に発生している。池袋通り魔事件（一九九九年、加害者二十三歳、死亡者二人、ほかに被害者六人）、下関駅通り魔事件（一九九九年、加害者三十五歳、死亡者五人、ほかに被害者一〇人）、京都小学校児童殺害事件（一九九九年、加害者二十一歳、死亡者一人）、西鉄バスジャック殺傷事件（二〇〇〇年、加害者十七歳、死亡者一人、ほかに被害者二人）、池田小学校児童殺傷事件（二〇〇一年、加害者三十七歳、死亡者八人、ほかに被害者一五人）、岩見沢市准看護師殺害事件（二〇〇七年、加害者三十四歳、死亡者一人）、土浦荒川沖駅通り魔事件（二〇〇八年、加害者二十四歳、死亡者一人、ほかに被害者七人）、岡山駅突き落とし事件（二〇〇八年、

（3）　酒鬼薔薇事件と豊川市殺傷事件については以前の論考で詳細に検討した。「酒鬼薔薇少年の欲動」「空虚感からの脱出――豊川市主婦刺殺事件の少年」『生の欲動――神経症から倒錯へ』みすず書房、二〇〇三年。

加害者十八歳、死亡者一人)、秋葉原通り魔事件(二〇〇八年、加害者二十五歳、死亡者七人、ほかに被害者一〇人)、八王子殺傷事件(二〇〇八年、加害者三十三歳、死亡者一人、ほかに被害者一人)、など。不特定の人たちを狙ったのではないが、親類連続強盗殺人事件(二〇〇七年、加害者二十五歳、死亡者二人)も、特にこの二人を狙う理由がないようなので、同じカテゴリーに入れてもよかろう。このカテゴリーに属する事件の犯人の中には、殺人の動機として社会への怨恨を語る者が多いが、しかし被害者が怨恨を引き起こした当事者ではないから、その犯行は「目的合理性」(上記の意味での)を欠いていると言わなければならない。犯人たちがしばしば口にするように、殺人の対象は「誰でもよかった」のである。酒鬼薔薇型の犯行も上記の犯行と同様、対象は「誰でもよかった」わけだが、ただ後者は前者のもつ実験的性格を欠いている点で、両者は異なる。

二つのタイプの違いにさらに立ち入ってみよう。実験的性格の犯罪においては、主体は大他者 S_1 に向かい、自分は殺すことができるかどうか、つまりそれは私に許されているかどうかを問いかける。これに対し、この性格を欠く犯罪においては、主体はこうした問いかけを行わない。それは、この主体にとって問いかけの対象である大他者 S_1 が不在である、あるいはその存在が稀薄であることを意味する。

そこで、非実験型の動機なき殺人を位置づけるために、S_1 の効力が、したがってまた S_2 への信頼度も弱まっている大学の言説を設定しなければならない。

前章に出てくる大学の言説を1とすれば、S_1の効力とS_2への信頼度が弱まった大学の言説を大学の言説2と呼んで、両者を区別する必要がある。そして、効力と信頼度の弱化をダッシュ（'）を付して表すことにしよう。もっとも、大学の言説1におけるS_1も主人の言説におけるほどの効力をもっているわけではない。それよりも効力が弱まっているからこそ、主体はS_1に「殺すことができるか」という問いかけを行いうるのである。主人の言説が支配的な社会における主体は、この問いかけすらも行わないだろう。しかし、相対的には、大学の言説1におけるS_1はまだかなりの効力をもっている。その効力がいっそう弱まったのが大学の言説2におけるS_1'である。

なお、大学の言説1と大学の言説2とのあいだに差異を認めるとすれば、当然それぞれが支配的である社会構造にも差異があるという立場をとらなければならない。この社会構造の差異は、最近広く支持されるようになっている近代前期の社会と近代後期の社会の差異と重なるように思われる。あとで、この差異はどこにあるかを、大学の言説1と大学の言説2の差異と関連させて論じることにしよう。

$$\frac{S_2'}{S_1'} \rightarrow \frac{a}{\$}$$

大学の言説2

式の解説を続けることにしたい。ここでも第一ポジションにあるのはS_2'であることには変わりはない。ただし、S_2'は信頼度が弱くなったS_2である。ということは、S_2'を支えているS_1'がS_1よりも効力を弱めていることを意味する。S_2'は未熟者aに働きかけ、その象徴作用をこうむったaは$\$$を産出する。この$\$$

は大学の言説1の場合と若干異なり、象徴による分割が不十分な主体となる。

ここで、大学の言説1の場合と同様に、S_1'を「殺すな」という掟、S_2'をS_1'によって支えられた法律的・道徳的体系と措いてみよう。効力が弱化したS_1'により支えられたS_2'は、それへの信頼度が弱いため、殺すことの不可能というリアルなものａが、S_2'により十分にシンボリックなものへと置換されず、殺しうる感覚（イマジナリーなもの）に移行する。それゆえ、ここでは「殺せない」という感覚（リアルなもの）が「殺したい」という欲望を刺激しやすくなるのである。この点が大学の言説1における$\$$と大学の言説2における$\$$との相違である。

大学の言説1における$\$$はS_2により「殺したい」という欲望を刺激されるのに対し、大学の言説2における$\$$はａに含まれている「殺せない」という感覚により「殺したい」という欲望を刺激されるのである。この$\$$は、それゆえ殺意が向けられる対象として無力で無防備な、つまり「殺せない」という感覚を誘発しがちな者を選びやすい。

次に、大学の言説2において産出される$\$$を第一ポジションとする言説に移ろう。この言説をナルシシストの言説と呼んでおきたい。ここで言うナルシシストとは、倒錯の一類型といった意味での厳密なものではなく、ふつう用いられている意味でのそれに近い。ナルシシストである$\$$は不十分な象徴化の産出物なので、この$\$$の中ではリアルなものが容易にイマジナリーなものへ移行する。すなわち、この$\$$はａによって支えられてはいるが、このａは「殺せない」という感覚＝不可能なものではなく、絶えず「殺せる」という感覚に移行しがちなａ

である。ナルシシストの$は象徴化が不十分であるために、aはヒステリー者の$の場合のように意識下に抑圧されていない。そのため、ナルシシストの$は$S_1'$に対して、「自分に何を望むか」と問いかけることもなく、ただ、S_1'を無視する、あるいはそれを嘲弄するためだけに問いかけるのだ。だから、この問はヒステリー者とは逆に「お前は私に何をしてくれるのか」という問になる。その問に対し、S_1'は何も答えない。そこで、$は大他者が存在しないことを知る。そのことを知らせるのはS_1'の下に産出されるS_2'である。この知S_2'は$の欲望を正当化する知であり、$はS_1'に取って代わる全能感に満たされる。この$がナルシシストと呼ばれるのはそのためだ。

以上ではS_1を殺人禁止の掟と措いて述べてきた。ナルシシスト$は「殺したい」という欲望の主体である。どうしてそうであるかは、上に述べたようにこの主体を支えるaがもはや「殺せない」という感覚ではなく、絶えず「殺せる」という感覚に移行しがちなaだからである。「殺せない」という感覚はこの主体においては抑圧されることなく、主体は逆にそれによって刺激され、「殺したい」という欲望に駆られるのだ。主体はS_1'に向かい「お前に何ができるのか」と問いかけるが、それは殺人を阻止する者はどこにもいないという答を、S_2'を通して引き出すためだけである。大他者に取って代わろうとするナルシシスト的殺人者の或る者（土浦事件）は「自分は神だ」という内容を携帯電話に書き残し、また或る者（親類連続強殺事件）は「自分を

$$\frac{\$}{a} \rightarrow \frac{S_1'}{S_2'}$$

ナルシシストの言説

ほめてやりたい」と語った、という。これらの発言はナルシシスト的主体の特徴をよく表している、と言えよう。

ところでこの全能感に満たされたナルシシスト的主体の殺人はヒステリー的主体の殺人とタイプを異にすることは明らかだ。後者のタイプがこれまで名づけてきたように実験型であるとすれば、前者のタイプはアノミー型であると言ってよかろう。

以上で筆者は大学の言説1がヒステリー的主体を、大学の言説2がナルシシスト的主体をそれぞれ産出することを明らかにし、また、この主体の2タイプは、いわゆる動機なき殺人の主体となりやすいが、ヒステリー的主体は実験型殺人を、ナルシシスト的主体はアノミー型殺人をそれぞれの特徴とする、という対照についても述べた。しかし、これらの型はいわば純粋形であり、実際にはこのような純粋形が出現することはめったにないことを断っておかなければならない。実際に起こる多くの殺人は普通の殺人、つまり動機のある殺人である。にもかかわらず、これらの多くの殺人は、二つの純粋形を程度はさまざまだが要素として含んでいる、というのが筆者の考えである。つまり、動機のある殺人といえども動機なき殺人と無縁ではないのだ。それゆえ、上記の二つの純粋形についての議論は、十分に意味がある、と筆者は考える。

Ⅳ　近代後期における大学の言説の変種

最後に、大学の言説がどのような点で近代の支配的な言説であるのかを確かめておきたい。私見によれば、この言説はある点では確かにその通りであるが、近代の重要な特徴のすべてを代表してはいない。このことを大学の言説1に対応する近代前期と大学の言説2に対応する近代後期とを対照させながら述べてゆこう。なお、前期と後期とを分かつ時期については、何を指標にするかにより、さまざまの説がある。西欧では一九八〇年代とする説（U・ベック）があることを、ここでは述べるだけでとどめよう。

前近代社会の特徴から始めよう。このタイプの社会は、〈伝統〉が人々の生活や思考を基本的に方向づけていた社会である。そこでの典型的な性格を伝統指向型と適切に名づけた社会学者（D・リースマン）もいるので、このタイプの社会を伝統型社会と呼んでもよかろう。一方、主人の言説が支配的であるのは――大学の言説の近代社会への対応から類推して――この伝統型社会であるとみなしてもよさそうである。(4) そこでは名称通り〈伝統〉が人々の生活と思考に基本的な方向づけを与え、欲望の満足の水準を定める準拠枠となっている。だがそこではもう一つ人間の営みを支える恒久的な土台がある。それは資源としての〈自然〉であり、それ

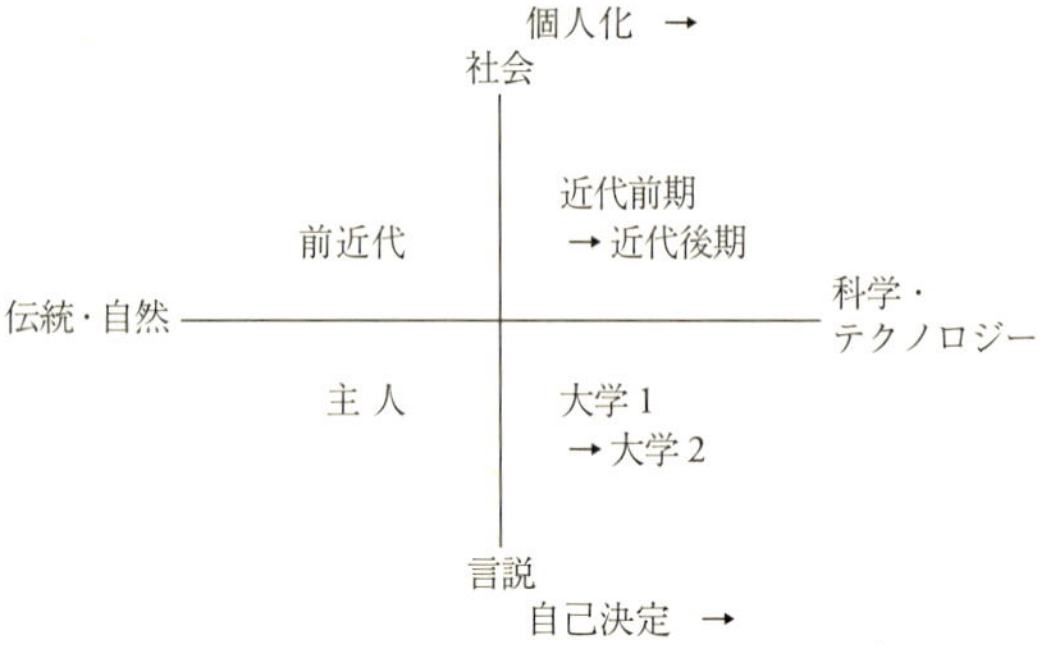

の法則を尊重する限り、それに働きかける人間の営みに応じて欲望の満足を保障する安定した土台なのだ。近代化は〈伝統〉と〈自然〉という二つの枠組もしくは土台を崩してゆく過程である。

次に、前近代から近代前期、さらには近代後期への移行に関連する諸変数について述べてゆこう。その議論を分かりやすくするために一つの図を先に呈示しておきたい。ただしこの図は十分な論理的整合性をもつものではない。まず、〔伝統・自然〕—〔科学・テクノロジー〕という横の座標軸は、二つの極から成り立っているわけではない。つまり、近代化と共に伝統・自然に科学・テクノロジーが取って代わることを指すのではなく、前者に後者が侵蝕してゆくことを指すにとどまっている。同様に、〔社会〕—〔言説〕の軸も反対の二つの極を表しているわけではなく、社会という存在のレベルと言説という象徴のレベルとを対応させているにとどまる。

前近代社会における荘園制に基礎を置いた農業生産に代わり、近代前期においては国内市場や国際市場向けの工業生産が主要な産業となった。この産業社会においては、前近代社会の生産単位であった農村、中世都市、拡大家族などが解体されてゆく。これらの共同体の解体は個人が析出されてゆく過程なので、個人化（ベック）と呼ばれる。

（4）　ラカンは「言説」と社会との対応についてほとんど何も語っていない。ただ、S_1に代わってS_2（知）が優位を占めるに至ったのは近代社会においてであることは確かなので、少なくとも大学の言説は近代社会に対応すると見ても、間違いはなかろう。ところで、大学の言説に時期的に先立つのは主人の言説である。「大学の言説が現れるのは、主人の言説がますます〔権威の〕剝皮〔による衰退〕を極めてゆく、というまさにその理由からなのです」と彼は語っている（*Le Séminaire XVII*, pp.172-173）。また彼は一九六八年の五月革命の中に大学の言説の優位（主人の言説に対しての）を確認したのだから、主人の言説はこの時点において衰退の極に達した、と考えているようである。そうだとすれば、逆に大学の言説はもっと早く、近代の初め頃から台頭していて、主人の言説を無力化し始めた、と解しても、五月革命の中に大学の言説の優位を確認したという考えと、矛盾しないだろう。そこから、五月革命まで続いてきた主人の言説の優位がこの時点で大学の言説の優位に一気に逆転したわけではなく、近代に入って以降、大学の言説の優位がしだいに進行してきた、と推論しても、それほど強引ではなかろう。もう一つ、ラカンは主人の言説をマルクスの剰余価値産出の理論によって説明しているので、話がややこしくなる。この理論は明らかに近代に対応しており、そこでは働かない「主人」＝資本家が「対象」である労働者を働かせて、剰余価値を「産出」することになっているからだ。しかし、主人の言説の剰余価値の理論による説明は、この言説を分かりやすくするために用いられただけであって、この説明をもって、ラカンが主人の言説を近代社会において支配的な言説と見ている、と解することはできない。しかし、ラカンの主人の言説は本来は超歴史的な概念であり、他のあらゆる言説がそれからの距離によって位置づけられる原型として構成されたものである。したがって、この言説はその支配力に盛衰はあっても、あらゆる時代、あらゆる社会における基調低音として存続している、と見るべきであろう。

では、近代後期を近代前期から分かつ特徴は何か。ベックによれば、それは前期においてはまだ不徹底であった個人化が、彼がリスク社会と呼ぶ近代後期においては徹底されるに至った点にある（東廉・伊藤美登里訳『危険社会——新しい近代への道』法政大学出版局、一九九八年）。前期においては、個人はまだ家族（それはもはや拡大家族ではないが）と階級（とその周辺諸集団）への所属から十分に解放されていなかった。家族と階級は、断片と化した個人を規制なしに動員しようとする巨大社会の力から護る最後の繋留装置だったのである。これら二集団は所属成員である個人にそのライフ・コースの予想を与え、そのコースを辿るよう個人に制約を課するが同時に扶助もする機関であった。ところが、生産力がさらに高まった後期産業社会においては、個人は高い物質的生活水準と社会保障の充実を背景に、家族や階級からも解放される。つまり、それらとの絆を断たれ、巨大社会の力に操られるままの運命を辿ることになるのだ。こうして個人は、あらゆる危険やチャンスや矛盾に満たされた労働市場におけるみずからの選択に注意を集中することを余儀なくされる。彼／彼女は、前期におけるよりも以上に自己決定の重荷を背負うに至るのである。

次に、伝統・自然への、科学・テクノロジーの侵蝕について述べよう。まず、理性にもとづく科学的思考は、伝統は伝統であるがゆえに尊重されなければならないとする〈伝統〉の自己充足的な正当化を疑ってかかる。何らかの合理的な根拠なしには〈伝統〉を受け入れることができないとするのが、理性－科学的思考である。この思考様式は、科学にもとづくテクノロジーが〈自然〉からその資源を汲み取る効率を高めることとあいまって、近代社会の中で優勢になってゆく。ところで、合理的な根拠を見つけにくいのが〈伝統〉なるものの本性なので、その権威はしだいに衰退してゆかざるをえない。

〈自然〉に対する科学・テクノロジーのかかわりは、〈伝統〉に対する場合よりももっと複雑である。近代前期においては、〈自然〉を利用するために科学・テクノロジーはそれに一方的に働きかけていた。そこでは道具的理性が疑問の余地のないものとして肯定されていた。しかし、近代後期に至ると、利用する対象にとどまっていた〈自然〉の人間への副作用が注目の対象となる。地球温暖化、オゾン層に開いた穴など。このリスクは〈自然〉への作用者へ戻されるものとして意識される再帰的リスクである。それは巨大隕石の地表激突のような外因性の危険ではない。ゆえに、近代後期においては、科学・テクノロジーに付与されたかつての価値は減少する。そして、科学の根底にある理性そのものにも疑いの目が向けられるようになる。つまり、A・ギデンズが強調しているように（松尾精文・小幡正敏訳『近代とはいかなる時代か？――モダニティの帰結』而立書房、一九九三年）かつては外側だけに向けて作用していた理性が、今度は理性自身を疑うという、理性の本性が顕在化する段階、第二の啓蒙と言われる段階が到来するのである。

生活と思考を基本的に方向づける〈伝統〉的枠組の弱化が、個人を不安定に陥れるように、〈自然〉の土台の科学・テクノロジーによる掘り崩しもまた、予見困難なリスクに怯える不安定を個人にもたらす。もちろん、近代後期においては、こうしたリスクに対応する（自然災害への対処から心身のトラブルへの医療に至る）専門家の種類や量も増大しているが、しかし、その対応を巡ってさまざまの意見の対立があり、個人は一義的な解答を彼らから期待できない。それゆえ、〈伝統〉からの解放の場合と同様、〈自然〉からの副作用に関しても、個人は自己決定能力が衰退しているにもかかわらず、自己決定の重荷を課せられているのである。

近代前期から近代後期への移行を示す特徴として、さらにはその原因としてさえ挙げられるものに、父性的権威の衰退がある。近代前期においては、伝統型社会における父性的権威はまだ温存されていた。この権威を内面化した子供は自律性を身につけることができた。近代的な核家族といえども、この権威は権威主義的な人格形成の苗床となるのではなく、みずからの奉じる倫理上の信念に従い、現状を支配する社会秩序に立ち向かう「個としての自律した」批判的主体を産み出す母胎であった。この点は一九三〇年代においてM・ホルクハイマーにより注目されていたことを、S・ジジェクは共感をもって指摘している。のちにT・W・アドルノも同じ見解を述べており、リースマンもそうである。他の点ではあまり後者を評価していないジジェクも、この文脈のもとでは父性的権威の崩壊が「他人指向型」人格を出現させるというリースマンの表現をそのまま用いている（鈴木俊弘・増田久美子訳『厄介なる主体——政治的存在論の空虚な中心』2、青土社、二〇〇七年、第三部第六章）。自律性の属性の一つである真の自己決定能力は「他人指向型」あるいはナルシシズム型の人格においては衰弱するのである。

そこで、先に掲げた図の下部にある〔自己決定 ↓〕は次のように読まなければならない。近代前期から近代後期へ移行するにつれ、真の自己決定能力は衰弱してゆくが、まさにその逆に、社会が個人に自己決定を強要する程度は増強されてゆく、と。

父性的権威の衰退は「言説」の推移を規定するとまでは言えないが、それに相伴するかのように思われる。この相伴に関してはいくつかのテキストで「四つの言説」について語っているジジェクも何ら言及していない。だが、筆者としては前近代においてS_1が主人の言説の第一ポジションを占めていたのが、大学の言説の1と2で第一ポジションをS_2に譲ったのは、S_1を述べる父性的権威の衰退に関連しているためだ、という仮説が、念頭から離れない。この仮説に従えば、父性的権威がまだいくぶん勢力を保っている近代前期は、その権威がいちじるしく衰弱している近代後期に至るまでの過渡期ということになるだろう。近代前期から近代後期への推移を、大学の言説の言葉で表すなら、大学の言説1から大学の言説2への推移である。しかし、だからといって、筆者は父性的権威の復活を望む立場にくみするわけではない。今日の家族はもはや自立性を完全に奪われ、家族成員を外界の脅威から護るという父の能力も失われている。かつての父性的権威はこの能力にもとづいて成立していた。いまやその能力が失われているところに父に勢力を付与しようとしても、それはもはや権威とはならず、家族成員には受け入れ難い圧制となるだけだろう。

無条件的な殺人禁止の掟をS_1とみなすなら、この掟がいくぶん勢力を保っているのが近代前期であり、そこでの大学の言説1は、この掟の存否を験そうとする$\$$を産出した。これに対し、この掟がいちじるしく効力を失っている大学の言説2においては、この掟を無視し、「殺したい」という欲望に抑制なしに身を委ねる$\$$が産出されるのである。もちろん、ことさら付言する必要もないことだが、大学の言説1のもとで産出される主体がすべてヒステリー型殺人者となるわけではなく、大学の言説2のもとで産出される主体がすべてナルシシスト型殺人者となるわけでもない。筆者が主張したいのは、それぞれの言説はそれぞれのタイプの殺人を引き起こす可能性をもつ、ということだけである。主張したいのはその可能性に過ぎないのだが、しかし、動機なき殺人として一括されるケースの中にも相互に異なった二タイプがあることが、以上の議論をつうじて確認できたと思う。(5)

(5) 殺人禁止の掟はS_1に属するが、この掟の効力の衰弱への対処に限り、筆者は次のように考えている。本文で述べたように筆者は家長の権威の復活に訴えようとは思わない。その掟を支えている「殺せない」という感覚の強化が、この掟の効力の強化への一つの処方であると考える。さらに、本稿の射程から外れるが、殺人禁止の掟の効力が衰退したままであっても、「殺したい」という欲望を刺激する社会的環境が改善されれば、無動機の殺人は減少するだろう。この種の殺人は将来の道が閉ざされているという閉塞感のもとで自殺か他殺かの選択を迫られる場合に発生しがちだからである。この閉塞感はしばしば社会的環境から生じる。しかし、この問題を論じるためには別稿が必要である。

不特定多数を狙う犯罪

I　不特定多数を狙う五つの事件

一九九〇年代の終わり頃から今日（二〇〇八年）にかけて、日本では不特定多数を狙う殺傷事件がかなり頻繁に発生している。以下で問題にしようとしているこの種の事件を挙げると、次の通りである。

一九九九年九月八日　池袋通り魔事件
一九九九年九月二十九日　下関駅通り魔事件
二〇〇一年六月八日　池田小学校児童殺傷事件
二〇〇八年三月二十三日　土浦荒川沖駅通り魔事件
二〇〇八年六月八日　秋葉原通り魔事件

事件の名称は新聞紙上などの多数のマスメディアで名づけられているものをそのまま借りてきているだけで、特定の基準に従っているわけではない。

不特定多数を殺傷する通り魔事件はもっと以前からあった。そのはしりは一九八一年六月十七日に発生した深川通り魔事件である。

元すし店板前の川本（二十九歳）は刑務所から出て再び板前の職を求め一〇軒を訪ね歩いたが、最後に希望をいだいた店にも断られ、それが引き金になり、下深川の商店街路上で、包丁で四人を殺害、二人に重軽傷を負わせた。被害者のほとんどは女性、あとは乳幼児であった。

社会にいっそう強い衝撃を与えたのは上記事件に先立って一九八〇年八月十九日に発生した新宿駅前でのバス放火事件である。これはいわゆる通り魔的犯行のカテゴリーには属さないが、不特定多数が殺傷された事件であることには変わりはない。

犯人は住所不定の土木作業員の山中（三十八歳）であり、駅の階段でいつも楽しみにしているコップ酒を飲んでいたところ、通行人に「あっちへ行け」と言われたのが引き金となり、発車待ちをしていたバスに火のついた新聞紙を投げ込んだあと、ガソリンを撒いた。車中にいた六名が焼死、一四名が重軽傷を負った。(1)

これらの事件も確かに不特定多数を破壊する点では、一九九九年の池袋通り魔事件から始まる上記の五件と同類ではある。しかし、これら二件には、秋葉原通り魔事件が典型視されている一九九九年以降の五件に見られるような「計画性と演出性」[2]が欠けている。深川通り魔事件の犯人も新宿バス放火事件の犯人も共に彼らの激高へのきっかけ（引き金）のあと、ほとんど間をおかずに（深川の場合もその日のうちに）凶行に及んでいる。つまり、これらの凶行は衝動的に行われており、計画性も演出性もない。その意味で、これらの凶行は不特定多数を「狙っている」とは言いにくいのである。その凶行は行き当たりばったりの暴発に近い。

しかし、一九九九年以降の不特定多数を狙う事件の特徴はほかにもある。それは土浦荒川沖駅通り魔事件の犯人である金川や池田小学校児童殺傷事件の宅間（純粋な通り魔ではないが）にその典型が見られるように、加害者がいだく自殺願望である。彼らは、自己を破壊する代わりに他者を破壊したのだ。それに対し、深川通り魔事件や新宿バス放火事件の犯人の中に自殺願望を見つけることはむつかしい。一九九九年以降の五事件の加害者たちに自殺願望を見いだす理由はこうである。大量殺人を思いついて実行に着手するまで、かなり時間に余裕があった加害者たちは、その間に、大量殺人の結果としての死刑を多少とも覚悟したことがあったはず

(1) 以上の二件の記述は間庭充幸『現代の犯罪』新潮選書、一九八六年による。
(2) 岡田尊司『アベンジャー型犯罪――秋葉原事件は警告する』文春新書、二〇〇九年。

である。それゆえ、大量殺人の計画は影として自殺願望を伴っていると推測できる。他方、衝動的な殺人の場合には、犠牲者がどんなに多数であっても、自殺願望が伴っていたと推測する根拠が見いだせないのである。

次に、冒頭に掲げた不特定多数を狙う事件を瞥見しよう。

(1) 池袋通り魔事件

犯人は住所不定、無職の造田(二十三歳)。一九九九年九月八日の午前、JR池袋駅付近で洋包丁とハンマーを持った彼は男女三人を刺し、次いですぐ近くで男女七人を襲った。うち、女性二人が死亡、男性一人が重傷、あとは軽傷であった。彼は大学入学をめざし、倉敷市の進学校として知られている高校に入学したが、翌年両親がギャンブルに熱中し、借金を残して家出したため、二年生で退学を余儀なくされた。身寄りには独立していた兄がいた。以後、職を求めて日本の各地を転々、アメリカ・オレゴン州に出向いたこともある。一九九九年四月から東京都足立区で新聞配達員として働き始めたが、遅刻もなく評判はよかった。九月一日、所長の勧めで連絡用に携帯電話を持つことになったが、三日、その電話に同僚とおぼしき人物から無言電話が入って激高した。造田はかねがね努力に報いるアメリカ社会が気に入っており、それに対して日本では努力が報われず、逆に努力しないで世の中を渡ってゆく人々が多い、と思っていた。いたずら電話をしたとおぼしき同僚はその一人であった。部屋には「努力しない人間は生きていてもしょうがない」という走り書きがあった。そういう人々の代表として、見ず知らずの男女が攻撃目標に選ばれたのである。九月六日、池袋で洋包丁とハンマーを買った。社会に復讐する用意はできたが、会社員の兄（二十七歳）に迷惑がかかると思い、決心がつかないでいた。九月八日午前、決意が実行に移された。たまたま通りがかった人々が彼を苦しめる不正の代表者にされた。一審の死刑判決を弁護側は不服として控訴、二審を経て、二〇〇七年四月の最高裁で死刑が確定した。(3)

(2) 下関駅通り魔事件

池袋通り魔事件から三週間後の九月二十九日午後、JR下関駅構内で同様の事件が発生した。犯人は運送業を営む上部《うわべ》（三十五歳）。彼はレンタカーで構内に突っ込み、改札口付近まで約六〇メートルを暴走しながら、七人（うち二人死亡）をはね、その後車から降りて包丁を振り回し、改札口を通り、階段で一人、ホームで七人（うち三人死亡）を襲った。これにより死者五人のほか重軽傷一〇人の犠牲者が出た。彼は九州大学工学部建築学科を卒業後、精神科に通院しながら、いくつかの会社に勤めたが、長続きしなかった。一九九三年から福岡市で設計事務所を経営していたが、一九九七年には廃業状態に陥り、妻の収入や実家の仕送りで生活

---

(3) ウェブサイト「無限回廊 endless loop」内の「池袋通り魔殺人事件」。

していた。一九九九年二月、山口県の実家に戻り、ローンで購入した軽トラックで運送業を始めた。六月、ニュージーランドから帰国した妻と離婚。九月、台風の到来でトラックが使用不能となり、仕事への意欲を失う。新婚旅行で訪れた憧れのニュージーランドへの移住に活路を求めようとしたが、父親にその費用の拠出を拒まれ、実家の車で運送業を続けるよう説得された。「何をやっても成功せず、中卒でもできる運送業を、どうして一流大学を出た自分ができないのか。ただでは死ねない」と思った。犯行の決行を十月三日の人通りの多い日曜日に設定した。九月二十八日、下関市内で包丁を購入、下関駅周辺の下見をする。二十九日、父親から電話があり、「冠水した車の廃車手続を自分でするように」と言われて腹を立てた上部は、今日じゅうに決行しようと決意し、レンタカーを借りた。人通りの多くなる夕方に車中で睡眠薬を飲み、下関駅に突っ込んだ。車を凶器に用いたのは池袋事件のように刃物だけでは大量には殺せないと思ったからだ、と供述している。一審の死刑判決を弁護側は不服として控訴、二審を経て、二〇〇八年七月の最高裁で死刑が確定した。(4)

(3) 池田小学校児童殺傷事件

二〇〇一年六月八日午前、池田市の大阪教育大附属小学校に元伊丹市職員の宅間（三十七歳）が刃物を持って乱入し、教室などで一、二年生の児童などを次々に刺した。一年生四人、二年生一七人、教師二人の計二三人が病院に搬送されたが、このうち一年生の男児一人、二年生の女児七人の計八人が死亡、児童一三人と教師二人が重軽傷を負った。当初は「事件直前に精神安定剤を大量に飲んだ」などと供述して犯行を否認していたが、のちに精神病を装って責任を免れようとしたと犯行を自供した。二〇〇三年八月、大阪地裁は被告に死刑を言い渡したが、弁護側は判決を不服として控訴した。九月、宅間自身が控訴を取り下げ、死刑が確定した。二〇〇四年九月、死刑が執行された。死刑確定後わずか一年という異例の執行となった。(5)

彼の生涯を外側から見て目立つのは、まず加害者として犯罪にかかわった頻度である。池田小学校児童殺傷事件での逮捕に先立ち、一四回の逮捕歴がある。そのうちのいくつかは起訴にまで至り、また逮捕されなくてもそれの可能性がなくはなかった事件もまれではない。これら二〇件を下回らない犯罪行為の大半は、婦女暴行を含む暴力行為である。暴力行為のほかに、犯罪としての詐欺にまでは至らなかったが、学歴や職業の詐称、詐病といった、知的能力を用いる利得行為もある。彼は市バス運転手、市のゴミ収集員、小学校の用務員などの職を得るが、おもに暴力行為(一つは茶に薬物を入れる)が原因で、長続きしなかった。彼は自分の暴力や結婚歴詐称が原因で離婚した妻たちや養子縁組を取り消した養母を相手に賠償金や慰謝料を要求、生活の資に充てようとした。(6)こうした経歴を見ると、モンスターのような人物像が浮

(4) 同上「無限回廊」内の「下関通り魔殺人事件」。
(5) 同上「無限回廊」内の「戦後の主な大量殺人事件」[大阪池田小児童殺傷事件]。

かび上がってくる。他の不特定多数を狙った人々がまず並の人間と見えるとすれば、彼は桁外れの人間であるという印象を与える。

宅間は十九歳の時、母親に暴力をふるい始める。その背景には父親への反感があった。父親は権威主義的で、強い男への憧れや自負があり、教育熱心とあいまって、子供に激しい体罰を加えたという。二〇〇二年六月二十七日の公判の中で宅間は「寝ているうちに刺し殺していたら、もっと違う人生があった」と語っている。(7) 彼は子供の頃から父親に反発していたが、そういう彼自身が父親の理想とした強い人間に憧れ、事実、ある意味ではそうなった。彼は低い階層に属する人々を、その意気地なさのゆえに軽蔑し憎悪した。しかし一方では、嘘つきが平然と生きているこの社会においては、生きていること自体が間違っている、と弁護人への手紙の中で書いている。弁護士や医者(医者を詐称したことがあった)になりたかった彼は、恨みを晴らすために社会で成功した人たちの子弟が通う附属小学校の児童たちに攻撃目標をしぼった。

(4) 土浦荒川沖駅通り魔事件

犯人の金川(二十四歳)は高校卒業後、複数のコンビニでアルバイトをしていたが、二〇〇八年一月「目標の四〇万円がたまった」という理由で辞めた。四〇万円は全国各地を回る殺人旅行に充てる計画もあったようだ。(8) 二月に文化包丁を購入、三月十九日午前、出身小学校で誰かを殺そうとして出かけたが、卒業式で人が多かったのでやめた。自宅に戻る途中、たまたま見かけた一人の男性（七十二歳）を背後から刺殺した。二十一日まで秋葉原駅付近のビジネスホテルに宿泊、二十二日、荒川沖駅付近に戻り、「はやく捕まえてごらん」と警察に一一〇番している。再び都内へ出かけ別のビジネスホテルに一泊、二十三日午前、再び荒川沖駅に戻り、通行人八人に切りつけ、うち一人が死亡、七人が傷ついた。その後、近くの交番へ逃走、無人だったので、そこから「私が犯人です。早く捕まえてください」と一一〇番通報した。(9)

金川の家族は国家公務員の父親と専業主婦の母親、それに妹二人、弟一人の構成である。下の妹は独立していた。不在がちの父親には定職に就かないことを責められていたが、これが金川にとってどれくらいの圧力となっていたかは定かではない。母親に口答えする上の妹を憎み、殺そうと思っていたそうだが、結局は攻撃対象は家族以外の不特定多数へと拡散した。「複数の人を殺せばどうなるか分かっているよな」と捜査員に尋ねられた時、金川は「分かっ

（6）相田くひを制作「宅間守資料」（HPにて公開）。
（7）以下は篠田博之『ドキュメント死刑囚』ちくま新書、二〇〇八年による。
（8）殺人決行後の二〇〇八年九月十八日付の手紙（報道機関宛）。ウェブサイト「47NEWS」内「共同ニュース」記事「金川被告の手紙要旨 土浦連続殺傷事件」（2008/10/11 17:21 共同通信）。
（9）ウェブサイト「MSN産経ニュース」記事「自滅的？ 殺人に興味？ 死刑願望？ 土浦8人殺傷事件 見えぬ動機」（2008/3/28 23:29）、中尾英司「あなたの子どもを加害者にしないために」ブログ内の「土浦荒川沖駅無差別殺傷事件」関連の記事。

ている」と答え、「自殺はしたくなかった」と洩らした。[10] 二〇〇八年九月十八日付の報道機関宛手紙では「「自分のことは自分で決めたい」。だから自分で決めた！　俺は死ぬ！　その手段として法を利用する！」と書いている。[11] 秋葉原駅のビジネスホテルに宿泊中、家に残したもう一台の携帯電話に複数のメールを送信。その一つに「おれが神だ」「おれがやることがすべてだ」「おれも自分を終わりにしたい」とある。[12] 彼は自殺する代わりに他者を殺したのであり、また、彼は自分を裁く者は誰もいない、と考えていた。

(5) 秋葉原通り魔事件

二〇〇八年六月八日、正午から始まったばかりの歩行者天国でにぎわう秋葉原駅付近の交差点で、静岡県裾野市で派遣社員をしていた加藤（二十五歳）の運転する二トントラックが猛スピードで突っ込み五人の男性をはね飛ばした。うち三人が死亡。そのあと、トラックから降りた加藤は、路上を走りながら両刃の短剣で通行人を次々に刺した。刃物での凶行はわずか三十秒ほどのあいだであった。トラックによる轢殺と路上での刺殺を合わせて七人が殺害され、一〇人が重軽傷を負った。

加藤は銀行員の父親と専業主婦の母親（以前は銀行員で職場結婚）のあいだの長男として青森市に生まれた。加藤は教育熱心な母親の絶え間ない監視のもとに置かれ、時には彼女から体罰を受けることもあった。彼は県内随一の名門高校に入学してからは成績が落ち、校内で影の薄い存在となっていった。それにつれて母親の関心はもっと優秀な弟のほうへ移った。高二の頃からテレビゲームにのめり込んだようである。車に関心があった彼は遠く離れた岐阜県の自動車短大に進学した。卒業後も就職先が決まらず、二〇〇三年の七月に仙台市で派遣の仕事を見つけて以来、裾野市の自動車工場での派遣の仕事を無断早退によって打ち切る二〇〇八年六月五日まで、各地を派遣暮らしで転々としていた。

派遣暮らしからの撤退が念頭に浮かんだのは、五月半ば上記工場で派遣社員の四分の三の首切りの噂が流れた頃からであると言われている。実際には、六月三日に契約の継続を知らされていた。だが、早晩首を切られるという状況には変わりはない。彼はモノのように取り扱われる派遣社員の地位に嫌気がさしていたのだろう。六月五日早朝、出勤した彼は更衣室に自分の作業着がないと言って騒ぎ出し、「この会社はなめている」と言って勝手に早退した。まもなく派遣元の社員が、作業着があったことを寮にいた加藤に伝えにいったが、彼はきょうは休むと返答した。その日の昼十二時五分に彼は「『誰でもよかった』なんかわかる気がする」と携帯サイトの掲示板に書き込んでいる。

(10)「MSN産経ニュース」前掲記事。
(11)「共同ニュース」前掲記事。
(12) 中尾、前掲ブログ。

ネットの世界でも彼は行き詰まった。顔が不細工なので友だちがいないと嘆く「主」（加藤と思われる人物）のところに、五月二十九日、「友達」と名乗る人物（多分女性）が書き込みをする。「友達」は「主」に好意的に接近し、彼を元気づけるよういろいろアドバイスをする。三十日までの二日間、頻繁にコミュニケーションが行われるが、彼が劣等感と自尊心のあいだを揺れ動くため素直に反応しなかったので、「友達」の訪問は途絶える。その時、正体不明の訪問者が現れ、「友達」の努力をすべてぶちこわすような一言を書き込む。「不細工でも苛々するんだな」。それに対し「主」は書く。「何か壊れました。私を殺したのはあなたです」。これに対し訪問者はさらに追い討ちをかける。「自分を救う気ないなら死ねよ」。その後、加藤の何千という書き込みに対して、ほとんど誰も反応しなくなる。ネットの世界でも、彼は孤立してしまったのである。

六月七日、秋葉原に出かけ、パソコンやゲームソフトを売却し現金を手にしたあと、トラックを借りる予約を入れる。翌八日朝八時、沼津で二トントラックを借り、裾野市の寮に戻って同僚の男性にゲーム機などを手渡したあと、秋葉原をめざしてトラックを走らせた。同日早朝設けたスレッドのタイトルを「秋葉原で人を殺します」に改め「車でつっこんで、車が使えなくなったらナイフを使います〔後略〕」と最初の書き込みを書き換える。誰かが止めてくれるのを期待していたかのようだ。十二時十分、「時間です」という最後の書き込みを残し、現場へ向かった。(13)

Ⅱ　不特定多数を狙う犯罪の動機

以上で、ここ十年足らずのあいだに発生した不特定多数を狙う犯罪を取り上げたのは、それらが近代後期の社会の目立った症候と見て取ることができるからである。なぜか。以下その問に答えることにしたい。

それに先立ち、まずこの種の犯罪は、いわゆる「分かりにくい犯罪」[14]の一種である点に留意しよう。不特定多数を狙う犯罪は分かりにくい犯罪のきわ立った形態なのである。では分かりにくい犯罪とは何か。それに対する分かりやすい犯罪、普通の犯罪に比べてみれば、分かりにくさとは何かが明らかになる。普通の犯罪の場合は、人は犯罪行為を行為者の動機に容易に結びつけることができる。その際、行為者の動機とは社会の中で一般的に通用している動機の語彙（C・W・ミルズ）としてリストアップされそうなものである。犯罪との関連においてそれ

(13)　以上はほぼ岡田『アベンジャー型犯罪』によっている。

(14)　間庭充幸は一連の犯罪研究、とりわけ『現代の犯罪』（前掲）と『犯罪の深層——社会学の眼で見通す犯罪の内と外』（有斐閣選書、二〇〇二年）の中で、「分かりにくい犯罪」に関心を寄せている。

らが表す代表的な動機を挙げれば、「金」ほしさ、「物」ほしさ、「地位」ほしさ（地位防衛を含む）、誰かへの「性欲」、誰かへの「嫉妬」、誰かへの「怨恨」である。前の三つは対象に焦点が置かれる語彙であり、後の三つは動因に焦点が置かれる語彙であると言える。所与の犯罪行為を、これら六つに、あるいはその他の代表的な語彙に人が容易に結びつけることができる場合、その犯罪は分かりやすいと言われる。たとえば、金ほしさによる強盗、嫉妬によるライヴァルへの暴力、など。したがって、その結びつけがむつかしいのが分かりにくい犯罪である。たとえば、満ち足りているのに物を万引きする窃盗、怨む筋合いのない人への殺傷、など。

では、分かりにくさはどこからくるのか。考えられるのは次の三つである。第一は問題の行為に結びつきそうなリスト内の動機が複数あって、そのうち特にどれに結びつくかを見分けにくい場合、第二はその行為に結びつきそうな動機がリスト内に見当たらず、リスト外の動機を見つけなければならない場合——たとえば自己実現とかエクスタシーへの没入といった——、第三は、第一と第二が組み合わさって、そのうち特にどれに結びつくかを見分けにくい場合。

問題の不特定多数を狙う犯罪はもちろんこの分かりにくい犯罪の中に入る。この不特定多数を狙う犯罪は通り魔事件と名づけられる犯罪と、その大部分において重なっている。間庭によれば日本での通り魔事件は一九八〇年頃からしだいに増え、八五年頃までに限っても、六〇件近く発生している（『現代の犯罪』一二五頁）。その後、今日にかけてその件数は少なくとも同程度の頻度で発生していると推測してもよさそうである。秋葉原通り魔事件に至る一九九九年以降の前掲の諸事件（池田小学校事件を含む）は、その中にあってとりわけ注目を浴びた事件に限られていることを、あらためて断っておかなければならない。

以下では、表示した一九九九年以降の不特定多数を狙う五件の検討を通して、その犯行動機の特徴を見いだしてゆきたい。

(1) 不特定多数から何が読み取れるか

犯行の動機は明らかに、金、物、地位といった対象の獲得（あるいは保持）ではない。だとすれば、その動機は対象中心の動機ではなく動因中心の動機である。動因中心の動機の中で性欲や嫉妬はこの犯罪と関係はなさそうだ。残る代表的な動機は怨恨である。誰に対する怨恨なのか。だがこの犯行の犠牲者の中には怨む筋合いのある人は含まれていない。犠牲者は不特定多数である。だから、この場合の怨恨対象は限定される（specific）ことなく拡散している（diffuse）のだ。対象がスペシフィックでなくディフューズであること、これが不特定多数を狙う犯罪の怨恨動機の特徴である。

では、「(対象が) 拡散した怨恨」は何に向けられているのか。それは社会そのものに、あるいはそれから恵みを受けている（と思われている）人々に向けられている、と言うほかはない。犯人がこれまでと同じように生き続けることが困難だと感じる状況を作り出しているのは、周囲の特定の誰かというよりも、社会そのものだ、と思われているからである。このような閉塞あるいは行き詰まりの感情をもたらすものは、かつては特定の人物、たとえば地域の有力者や隣人、雇い主あるいは上司、父親や親族、などであった。今日（近代後期）、社会が犯人に割り当てる地位が、彼／彼女を閉塞感に陥れるのである。したがって、社会そのものが報復の対象となる。この点については、あとで詳述することにしよう。

(2) 犯行を隠そうとしないところから何が読み取れるか

第一に、犯人が死刑を予期していることである。今日の日本の刑事法廷においては故意による大量殺人は極刑が科せられることを、知能の弱い人を除いて、知らない人はいないだろう。だから、犯行を隠そうとしない人は、みずからの死を予期しながら実行に着手したと考えざるをえない。先に引用したように土浦事件の金川は事件のあとではあるが、「俺は死ぬ！　その手段として法を利用する！」と手紙に書いている。もっとも、池田小学校事件の宅間は死刑判決を受けたあと、弁護人に向けて「わざと死刑になる為に大量殺人やって死刑になろうとする奴なんか、めったにいない」のではないかと書き送っている（篠田『ドキュメント死刑囚』一八五頁）。ただし、その言葉は、死刑になりたがっている宅間のような犯罪者を死刑にするのは、彼の思うツボにはまるだけだから、塩漬けにせよ、といったような評論家の発言への立腹から出てきている。確かに、自殺決行のための引き金としての大量殺人なら、犯行直後に自殺するのが最も合理的な選択だろう。宅間はそのことが分かっていながら、そうしなかった。なぜ? すぐに自殺するだけの気力と体力を保持する計画を立てるほど、他殺に比べての自殺のウェイトが軽かったためだろう。しかしだからといって、「死刑覚悟で、その場で、つかまった」(同宛手紙)というのも嘘ではない。彼は死刑の早期執行を求める申し立てを起こそうとした。

自殺願望を言葉にした加害者は金川と宅間だけしか知られていないが、他の加害者もまたその願望をいだいていたと推定しても間違いはなかろう。というのは、上に述べたように、大量殺人はある水準以上の知能をもつ人には確実に死刑を招くと思える行為だからである。もちろん、自殺願望にはその強さに関してさまざまの段階があるだろう。自殺が決行された場合にその強度が頂点にあり、単なる空想に至るまでその願望の強度は低くなってゆく、とみなしてよかろう。不特定多数を狙う加害者の場合、この自殺願望は自己の代わりにまず他者へと向きを変えると見てよい。そうだとすると、彼らの自殺願望はすぐに自殺するほど強くはないが、他殺への切り換えの準備状態となるほどの強度は備えていると言えよう。

自殺から他殺への切り換えは他殺から自殺への切り換えほどの頻度はない、という見解がある。実際、自殺によってその責任のある他者に後悔という罰を与える、いわゆる面当て自殺が頻出する社会もある。[15] 確かに、その逆の自殺の代わりの他殺はもっとまれではあるが、しかし

(15) G. Deshaies, *Psychologie du suicide*, P.U.F., 1947, p.221.

大量殺人者の場合はその一例であると見てよかろう(16)。

第二に、直後に自殺しなかったことには、もう一つ理由があるようだ。それは、すぐに死んでしまったら、自分が決行した大量殺人の社会的効果を自分自身で見届けることができなくなるからである。そのことを最もはっきり意識している宅間が述べているように「死ぬのをびって」「ウジウジ」生きている人々、にもかかわらず自分を「下げすむ《ママ》」人々を、大量殺人者の「プライド」を示して見返してやりたかったのだ。犯行直後に死んでしまえば、彼らに与えた衝撃を見届けられなくなる。そのためにも、自分が「プライド」のある人間であることを示そうとした宅間は、犯行直後には死ねなかったのだろう。彼が犯行を隠そうとしなかったのは、死刑を求めることに現れている「自殺願望」のためと、そして普通人にはできないことの敢行を通しての「自己顕示」のためである。

この種の犯罪の動機として「自己顕示」を表出する際の「演劇化」を追加することができる。大量殺人の加害者たちが選んだ舞台は、多数の人々が集まる駅あるいは駅前や盛り場である。池田小学校事件は通り魔事件という名称を付せられない密室状態の学校が舞台となっていたが、それでも多数が犠牲者として選ばれている点では、演劇効果を狙った犯罪とみなすことができる。犯行の演劇化を最も意識的に狙ったのは、秋葉原事件である。静岡県の一小都市在住の加害者は、二トントラックを走らせて、日本で有数の盛り場に突入した。屈辱的な生活の中で行き詰まっていた加害者は、犠牲者たちを蹂躙する惨劇を演出し、自己自身をもその見世物の一部として「自己顕示」を行ったのだ。

以上で不特定多数が犠牲となったことと加害者が犯行を隠そうとせずむしろ誇示していること、この二つの事実から、不特定多数を狙う犯罪の動機と思われるものを導き出した。これらは「拡散した怨恨」「自殺願望」「自己顕示」「演劇化」の四つである。しかし、筆者はこれらが問題の大量殺人だけに限られる動機である、と主張するつもりはない。上記の事実からこれらが推知されると言うにとどまる。他の種類の殺人、あるいは非暴力犯罪、さらには普通の行為も、これらにより動機づけられることもありうるだろう。筆者はただ、これら四つの動機が大量殺人の中に見いだされる、と主張するにとどまる。

以下ではこれら四つの動機に駆られた問題の大量殺人の社会的原因を尋ねてゆくが、そのあとで最後に、これらの動機の複合から生じる行為直前の動機を確かめてゆきたい。

(3) 動機の社会的原因（背景）

どの社会においても、人は何らかの優劣基準に従って格付けされている。人はたとえば上中

(16) 下関事件の上部は両親を困らせるため凶行に及んだ。これはいわば面当て他殺であり、彼の中には自殺も一つの選択肢であったことだろう。もちろん、あらゆる人間が自己破壊傾向と他者破壊傾向とを兼ね備えているわけではない（*ibid.*, p.336）。自殺者の中で他殺を考えなかった人のほうが一般的であり、また、その逆も一般的だろう。

下の三階層に、あるいはこれらをさらに二分する六階層に格付けされる。こうした格付けは望ましいと思わない人も多いが、それが実際に行われていることは否定し難い。社会学者はこうした格付けを成層化と名づけ、その実態を調査してきた。人を格付けする優劣基準はいろいろある。職業、収入、財産、学歴、家柄、生活様式など。こうしたインデックスの中で近代社会では職業が最も重要視されているとされる。職業はいろいろの仕方で分類されているが、階層研究において採用されているのは、職種としては立法管理、専門、技術準専門、事務、サービス販売、農林漁業、技能、組立操作、単純労務、従業上の地位としては自営・雇用主、家族従業者、正規被雇用、非正規被雇用といった分け方である。この分け方からは無職、専業主婦、学生などがこぼれるが、これらのカテゴリーに対しては、実際には職業以外の複数のインデックス（たとえば所得、教育年数など）が適用されるので、すべての個々人に対し、総合的に階層的地位が割り当てられるのである。ただ、近代社会においては、職業が最も重要なインデックスであるとされているということに、ここでは留意しておく必要がある。

では、望ましくないと言われながらも、職業にはどうして優劣があるのか。それはそれぞれの職業に威信あるいは社会的尊敬が異なった度合いで付与されるからである。そのために、人がどんな職業に就いているかに従って、その人の階層的地位が大体において定まることになる。ただし、各職業に付与される威信の度は、時と共に多かれ少なかれ変化してゆく。にもかかわらず、近代社会では職業が階層的地位を大体において定めるという事実には変わりはない。では、職業によってなぜ威信が異なるのか。それは職業により社会の存続への貢献の度合いが異なるからだという見解もあり、その見解への反論もある。しかし、ここではこの問題に立ち入らないでもよかろう。どのような見解を採ろうと、職業により付着する威信の度合いが異なることには変わりはないからである。

では、職業により付着する威信すなわち心理的報酬の度合いが異なるとしても、物質的報酬（その主要なものは収入）はどうだろうか。近代社会においては、この二種類の報酬が必ずしも相伴していない時期もあった。たとえば、ある時期では政治家はたいてい裕福な家産をもっており、政治家としての収入は大したことはなかった。企業家は巨額の収入を得たが、その威信は大したことはなく、貧しい芸術家のパトロンとなることで、そこから威信を補給した。近代化が進行するにつれ、二種類の報酬のあいだのずれはしだいに収縮してゆく。今日の日本は両者がいちじるしく相伴する社会である。ここでは、威信の高い職業にはそれだけ高い物質的報酬が配分され、威信の低い職業にはそれだけ低い物質的報酬が配分される傾向が強い。つまり、かつては二つの世俗的価値のあいだの配分のずれを残していた成層化システムが、いまや相伴性を強めるに至ったのだ。

しかしまた、成層化システムの一次元的な支配あるいは貫徹を妨げる基本的な抑止作用がいちじるしく弱化したことを、ここで忘れるわけにはゆかない。そのほうがむしろもっと重要だ。それはいわば人格的価値とも言うべきものの配分である。かつては人は宗教的・道徳的範域へのコミットメント（かかわり）によって、周囲から評価されていた。彼／彼女はどのような職業的地位（主婦や無職などを含む）にあっても、それとは無関係に社会的尊敬を得ることができた。これが人格的価値の配分である。人格的価値をインデックスとして社会全体に広がる成層化システムが形成されることは、もちろん以前にもなかった。しかし、それは、かつては成層化システムの一次元的な支配あるいは貫徹を抑止していた。今日では、その抑止力はいちじるしく弱化している。それは、地域においても職場においても、人々が熟知し合う関係が弛緩してきたためである。もともと、人格的価値の配分は中世社会の聖俗二領域の分割の名残りなのだ。近代に入って聖価値は人格的価値として配分されていたのである。今日においてはその配分量がいちじるしく乏しくなったのだ。不特定多数を狙う加害者たちが反発しながら服従せざるをえなかったのは、この一次元的な成層化システムである。

今日、自由競争の原理を社会のあらゆる領域に貫徹させようとする新自由主義が勢いを増してきた。それと共に競争における失敗はすべて本人の責任だとする社会意識も強まってきている。そのために、低い階層に所属する人々は、周囲から単に失敗者と見られるだけではなく、道徳的にも非難されそうな雰囲気の中に置かれる。そこで、彼／彼女らは成層化システムへの反発と服従のいっそう強いアンビヴァレンスに陥るのである。

上記五事件の加害者の職業は下関事件の加害者を除き、すべてアルバイト、派遣労働者、無職のどれかである。彼らは威信の最も低い職業的地位にあった。宅間は上記弁護人宛手紙の中で「今までさんざん、世の中で、通りすがりのやつらに、不愉快な思いをさせられて来た」（篠田『ドキュメント死刑囚』一八八頁）と書いている。世間からさげすみの目で見られてきた、と解しうる表現である。彼らはその視線を家族からも受けていた、と想像される。下関事件の上部は九州大学工学部出身の高学歴者で、独立自営の運送業者であったが、建築事務所の経営に失敗し、高校出でもできる運送業の地位に不満だった。彼の挫折感に離婚も一役買っていたかもしれない。彼の場合は、願望水準（アスピレーション・レベル）が高過ぎるという個人的要因が不満の水準を高めている。しかし、その不満は、成層化システムにより、相対的に低い階層に位置づけられていることから生じていることには変わりはない。

では、この種の不満はどんな欲求にかかわっているのか。それは安全（セキュリティ）の欲求と承認の欲求（他者に受け入れられ、人並みの人間として扱われたい）が満たされないという、社会成員として最も基本的な欲求にかかわっている。この不満すなわち被阻害感ないし被剝奪感が、成層化システムを産み出す社会への怨恨の一つの源泉なのである。

しかし今日において、低い階層の人々の被阻害感をもたらす社会的要因はもう一つある。それは労働する人間主体が労働過程をつうじてトータルな人間存在から切り離されるという、いわゆる労働からの疎外が、いっそう進行したことである。もともと、人間をモノと化すこの労働からの疎外は資本主義的生産様式の特徴ではあるのだが、今日、非正規社員は大量となり、一つの階層を形成するほどに至った。請負という名のもとであれ、派遣という名のもとであれ、非正規雇用の労働者は固定した職場との恒久的な関係から切断され、次から次へとモノのように漂流することを余儀なくされる。契約は短期間で、時にはいつ解除されるか分からないこともある。このような環境のもとでは、非正規労働者はライフ・プランを立てることはできず、賃金も低く抑えられているので、セキュリティの欲求を阻害される。のみならず、職場やそれを含む企業の中で、その労働を通して承認の欲求を満たすことはできない。彼/彼女はその存在を周囲から十分に知られることなく、匿名のまま、短期間で職場を追い出されてゆくからだ。彼/彼女のほうも、職場に愛着をもち、その中で自己のトータルな人間としての存在を表現する余裕はない。その意味で彼/彼女の人間としての存在はこれまでそれの主要な疎外要因であった断片化した労働からだけではなく、労働環境である職場からも疎外されるに至ったのである。

人間をモノと化し、操作するだけではなく移動させる力は、究極においては資本の力であるが、この力が利用する官僚制的（広義の）組織の力でもある。[17]

周知のように、日本では二〇〇四年に製造業への人材派遣が解禁されたが、それに先立って実質的には派遣と異ならない偽装請負が、一九九〇年代前半から行われていた。そのことと、一九九九年から頻発する五件の不特定多数を狙う犯罪とのあいだには因果関係がありそうである。実際、秋葉原事件の加藤が「この会社はなめている」と言って早退した時、自分をモノとして扱う会社に、そしてその背後にある社会に彼は見切りをつけたのだ。その時点で、社会へと拡散する怨恨が爆発したのである。他の諸事件の加害者たちに関しては、職場からの疎外を示す直接の証拠はない。しかし、一九九〇年代からの雇用形態の底辺での人間疎外の進行は、彼らを圧迫する社会的雰囲気として感じ取られていたことだろう。

以上が五事件の加害者たちの陥った被阻害感の社会的原因である。彼らは二つの視線によって支配されていると感じる。一つは成層化システムの差異化する視線、もう一つはそれに場合によっては追加される官僚制的組織の人をモノと化す視線である。この二つの匿名の権威の視線に彼らは射すくめられ、高い壁によって囲まれた狭小な生活空間の中に閉じ込められる。この閉塞感がこのような状態に彼らを追い込んだ匿名の権威あるいはその母胎としての社会への彼らの怨恨を引き起こす。怨恨の対象は匿名の権威であるために、その対象は当然のことながら特定の対象に限定されることなく拡散する。こうして、この種の怨恨が動機の破壊の対象は不特定多数に及ぶのである。

さて、上記の被阻害感をもたらす状況は、加害者たちに社会への「拡散した怨恨」を生じさせるが、同時にまた先に述べた「自殺願望」をも呼び起こす。欲求阻害をもたらした壁が乗り越え難いと思われるからである。しかしまた、彼らは自殺への誘惑を部分的に（全面的にではない）はね返し、自殺を他殺へと切り換える。この場合の他殺は、彼らを取るに足らない者

(17) 行政の領域だけではなく、産業や軍事の領域にも共通する。

（nobody）として扱う周囲に対し、大きなことをやってのける勇気を誇示するためでもある。したがってまた、その「自己顕示」は「演劇化」によって効果を高めようとするのだ。「自己顕示」と「演劇化」の中に、自己を勝利者に見立てようとするナルシシズムの傾向を見いだすことができる。彼らは誇大化した自己の像を自他に呈示しようとするからだ。

⑷ 破壊のための破壊

以上において筆者は「拡散した怨恨」「自殺願望」「自己顕示」「演劇化」という大量殺人の四つの動機を引き起こす社会的原因を考察した。以下では、これらの動機の複合から生じる行為直前の動機について考えてゆきたい。大量殺人の動機としては、上述の四つの動機を指摘するだけで十分であるから、それら以外の動機の追及は不必要だという見方もあるだろう。しかし、この種の破壊行動の極端なおぞましさを前にした時、人は、加害者たちを最終的に動かすものは、破壊に行き着く個々の動機を超えて、いわば破壊そのものをめざすといった動機ではないかという問を課せられているように感じる。破壊そのものをめざす破壊と言うと、いわゆる快楽殺人が連想される。だが、彼らは殺害行為に性的な快楽を求めているようには見えない。彼らの破壊は性的倒錯に由来する快楽殺人とは別種のものである。では、彼らは何を破壊しようとするのか。表面的にはもちろん犠牲者である。だが、彼らは犠牲者の破壊というバネを用いて、彼らがかろうじて維持してきた社会あるいは象徴的世界とのつながりを破壊しようとしたのだ。このつながりの破壊を通して、彼は社会あるいは象徴的世界から脱出する。どこへ向かって？　無の世界（ここで世界という言葉を用いることが許されるとすれば）へ、である。

社会がその具体的な単位である象徴的世界の中で人間は象徴を通し他者とつながる。たとえば、親族呼称という象徴を通して親やきょうだいとつながり、成層化システムという象徴を通して上位者は下位者とつながる、といったふうに。象徴は世界の中で人間をさまざまな仕方で相互連関的に位置づける。この世界の中の狭小な空間に追いつめられている問題の加害者たちは、他者の破壊をつうじて各種の象徴的なつながりを、とりわけ格付けされた地位のつながりを破壊（切断）し、世界の外へと脱出しようとするのだ。この種の破壊は世界の中で望ましいとされているもの（金、物、地位など）を手に入れるための破壊ではないから、つまり有をめざしての破壊ではないから、破壊のための破壊であり、無をめざす破壊である。

こうした破壊衝動によって動かされ、象徴的世界から脱出し、突入した無の世界において、人は何を体験するのだろうか。それは次のような副産物を伴いがちである。身体（時としては自己自身の身体を含めて）への暴力の行使を通して、人は一種独特の陶酔を体験しうるということは、多くの人々によって指摘されている。この陶酔はエクスタシーと呼ばれているものである。ロロ・メイによれば、これは自我〔原文はself〕の外へと連れ出された忘我の状態であり、ヒンズー教や仏教がそれに冥想を通して到達することはよく知られているが、他者の殺害という暴力を通しても経験される(小野泰博訳『わが内なる暴力』〔ロロ・メイ著作集3〕誠信書房、一九八〇年、二〇七頁)。その事例として、戦闘状況での高揚感がある。破壊衝動に動かされた兵士は自我感覚を失い、今まで無縁であった種類の「全体」の中に没入してしまうのである(同上書、二二三頁)。

ここで言われている「全体」とは従来の自他の境界が消失した状態であると解してよかろう。その状態への没入がエクスタシーの体験をもたらすのだ。通常の有の世界においては自他の相互作用は象徴によって規制を受けているという意味で、自他のあいだには壁がある。主体の対象への暴力はその壁を打ち壊す。それは対象からその象徴的蔽いを剝ぎ取り、それを生身《なまみ》の存在へと還元することにほかならない。それは対象のこれまで閉ざされていた部分を開口させる。主体はその部分に侵入してゆくことで、これまでとは異なった種類の自他のつながりが生じるのを経験する。G・バタイユなら、そのつながりをこれまでの弱いコミュニケーションと区別して強いコミュニケーションと呼ぶだろう。強いコミュニケーションとはより深いレベルでの生命と生命との交流であり、これまでの象徴的な枠から離脱した主体は、その交流の中へと溶け込んでゆく。強いコミュニケーションが行われる原型は、動物を暴力で殺害する原初的な供犠である。その供犠においては、それまでは食用という有用性の蔽いをまとっているためにに弱くコミュニケートするにとどまっていた動物に向かい、人間主体は暴力によってその蔽いを取り去り、それの内奥へと侵入する。こうして、人間主体は生身《なまみ》の存在と化した犠牲獣と共に、生命の内奥の世界に参加するのだ。思想的背景を異にするE・フロムもまた同じ文脈においてこのエクスタシーの経験を次のように語る。「自分自身の血、あるいは他人の血を流すことによって、人は生命力に触れる。このこと自体が原初的な段階において人を酔わせる経験である」(作田啓一・佐野哲郎訳『破壊――人間性の解剖』復刊版、紀伊國屋書店、二〇〇一年、四二九頁)。暴力の行使者はその対象の流血によりそれまでとは異なったレベルの生命感を体験するのだ。(18) もちろん、その対象である犠牲獣や敵兵は主体と同程度に高揚した生命感を享受するわけではない。

大量殺人には、どこか原初的な供犠を思わせるところがある。誰が撮ったか分からないが、秋葉原事件の加藤が逮捕された時の映像がテレビで流された。そこには弱々しげな青年の、眼鏡がずれ落ちそうな、血まみれの憔悴した顔があった。この憔悴は単に大量殺人のための疲労以上のものを感じさせた。それはエクスタシーを体験したあとの憔悴であるように見えた。彼を供犠執行者に見立てることができるだろう。原初的な集団においては、成員(あるいはその家族)が相互に孤立して息苦しい生産に従事する期間(長く続く)と成員が集結して内奥のコ

(18) M・モースとH・ユベールもまた、「供犠の生命賦与の力」について語っている(小関藤一郎訳『供犠』三刷改訳、法政大学出版局、一九九〇年〔一九八三年〕、七〇頁)。ただし、この表現は動物供犠以外の供犠に関して用いられている。だが、動物供犠の場合を除外することを念頭に置いて用いられているわけではない。

ミュニケーションを行う祝祭の期間（それは短い）とが交替する。祝祭は動物殺害の供犠から開始される。集団によって選ばれ、集団を代表する供犠執行者は、息苦しい生活空間を流血の暴力によって打開する。こうして、彼は犠牲獣との強いコミュニケーションをつうじ、集団を代表して異種の世界へと没入してゆくのである。多数の人々が集まっている街での加藤の血に染まった破壊行動は、その演劇化を伴うことで、どこか原初的な供犠を思わせる。この事件に遭遇したオーディエンスの中には興奮気味に現場や被害者の写真を撮って送信する人々もあり、「祭りが起きた」と浮かれて現場へ駆けてゆく若者もいた。祝祭の連想はそれほど奇妙ではない。かつての祝祭は暴力によって開始されたからである。

しかしもちろん、今日の演劇の主人公である殺人者と原初的な供犠執行者とのあいだには大きな隔たりがある。前者は集団によって選ばれた代表者ではなく、全く私的な個人であり、その行動は儀礼的な手続きに従うどころか、その場その場の状況に左右されるという意味で恣意的である。したがってまた——これが最も重要な隔たりなのだが——殺人者と供犠執行者とのあいだでは、その破壊行動が現場に立ち会うオーディエンスに及ぼす効果に大きな隔たりがある。それは後者のオーディエンスは破壊者と同一化することができ、前者のオーディエンスは彼と同一化することができないからだ。原初的な供犠の参加者は供犠執行者のエクスタシー体験を共有した。これに対し、今日の演劇化された殺人現場のオーディエンスは、殺人者のエクスタシー体験（それは想定されるにとどまるが）を共有してはいない。しかし、とりわけ注目すべきは、大量殺人者には犠牲獣に重なる面があるという点である。供犠執行者は犠牲獣に似たところはない。これに対し、大量殺人者は殺害によって犠牲者がまとっている社会的価値を剝奪し、彼らを裸にしてしまうように——犠牲獣が有用性という表皮を剝奪されるのと同様に——殺人者自身も殺害によって、成層化システムの最底の層からもドロップアウトしてしまうという意味で、裸になってしまうのである。彼は犠牲獣がそうされたように、我が身自身を社会的価値の蔽いを剝奪された生《なま》の裸身として衆人の前に曝すのだ。その意味で彼を「供犠執行者にして犠牲獣」と呼ぶことができるだろう。我々が秋葉原事件の加藤の憔悴した表情に、凶暴な殺人者以外のものを感じ取るのはそのためである。

成層化システムは一次元性を増すことにより、ますます巨大社会の統合の機能を強めるに至っている。このシステムは成員間の競争を煽るが、何びともこのシステムを受容する点で、巨大社会の統合に貢献しているのである。他方、部分的にはその統合の機能と重なって、巨大社会の労働の場では人をモノと化して操作する官僚制化がますます押し進められている。この成層化と官僚制化とによって狭小な生活空間に閉じ込められた階層から極めて無組織な反乱が起こった。それが今日の不特定多数を狙う犯罪である。それは象徴化作用が高度に進んだ有の社会の中にぽっかりと空いた穴のようだ。その点で、この種の犯罪は世俗生活の進行を中断する供犠を連想させる。もちろん、その機能は供犠とは異なる。それは周囲の人々をエクスタシーに導くことはないからだ。しかし、それは象徴に蔽われた有の世界の底に流れている無＝リアルなものに人々を直面させるのである。

対象不特定の報復

I　報復としての犯罪

以前筆者は、行われた犯罪に対する報復をテーマとした一文（「報復・正義・赦し」『Becoming』第二二号、二〇〇八年）を草したことがある。そこでは犯罪そのものがすでに報復行為であるという問題を考慮の外に置いていた。本稿が扱うのはこの問題である。もちろん、すべての犯罪が報復によって動機づけられているわけではない。しかし、報復というパースペクティヴを採ると、そうでない場合よりもずっと多くの犯罪が報復によって動機づけられていることが分かる。いわゆる通り魔事件（それは本書所収の「不特定多数を狙う犯罪」で取り扱われた）のような動機が分かりにくい犯罪も、自分が社会によって傷つけられたと思っている人が社会に対して行う報復行為である面をもっている。児童虐待の多くもまた、通り魔事件と同様、報復の動機を内包しており、そしてその報復は真の対象に向かわず、手近な対象へ向かう。この対象が犠牲者なのだ。したがって、犠牲者とは、的をしぼり切れなかった報復行為のとばっちりを受けた人たちなのである。報復の真の対象はその彼方にある。これが、報復というパースペクティヴから導かれた本稿の副パースペクティヴ（対象の拡散）によって照らし出される犠牲者像なのだ。犠牲者とは的をしぼり切れなかったために拡散する対象の宛先としてたまたま射程に入った人々にほかならない。

対象拡散の報復は個人行動だけではなく、当然のことながら集合行動においても現れる。たとえば、二〇〇五年秋、パリ郊外で起こったアラブ系とアフリカ系の移民の若者たちによる暴動がそれである。この暴動は宛先が拡散しているので、同種の個人行動と併せて論じるに値する。

なお、上記の、被害に対しての報復というパースペクティヴを読者によりよく理解してもらうために、以下のコメントを付け加えておこう。G・ドゥルーズは、ニーチェは社会組織の原型を交換関係の中にではなく、信用関係の中に見た、と述べている（『ニーチェと哲学』）。信用関係とは債権・債務関係にほかならない。被害者は加害者に対して報復を行うが、この報復とは加害者に対しての債権の行使を意味しており、報復を受けるとは、加害者が債務を弁済することを意味している。この種の債権・債務関係は典型的には刑罰に見いだされる。債権の行使である報復行為には快楽が伴う。そこで、かつては犯罪者は人々に苦痛を与えた者の代表者として選ばれ、彼への残忍な処刑は祝祭日における刺激的な見世物として観衆を楽しませてきた（拙論「自己愛と憐憫――ルソー、ドストエフスキー、ニーチェ（続）」『Becoming』第二七号、二〇一一年、二五頁)。本論で扱う三つの報復のケースは、刑罰のようなモデルからは遠い。しかし、債権・債務関係にかかわるものとしての報復に属する変化形であることは確かだ。それゆえ、報復関係というパースペクティヴからこれらのケースを扱うことができる。ただ、これらのケースにおいては、債務者(加害者)が特定されていないという点で、これらは刑罰モデルから遠いという特徴をもち、その分、非合理性がきわ立つ。あらゆる犯罪行為は本書「序論」で述べたように現実的なもの(リアル)へのかかわりを最終の動機づけとしており、その意味で非合理性を帯びている。その中にあって対象不特定の報復である犯罪やそれに類する行為は、それの非合理性が目立つという点で、リアルへのかかわりがとりわけ深いことがうかがわれる。

Ⅱ　通り魔事件

上に述べた観点から、まず一連の不特定多数を狙う通り魔事件のおさらいをしておこう。前章「不特定多数を狙う犯罪」において筆者が取り上げたのは次の五件である。一九九九年九月の池袋通り魔事件、一九九九年九月の下関駅通り魔事件、二〇〇一年六月の池田小学校児童殺傷事件、二〇〇八年三月の土浦荒川沖駅通り魔事件、二〇〇八年六月の秋葉原通り魔事件。これらのうち特に詳細に検討したのは秋葉原通り魔事件であった。それ以後、二〇一〇年十二月に起こった取手バス襲撃事件も不特定多数を狙った犯罪であり、その意味で上記五件と極めて類似する事件なので、これも考察の対象に加えるべきである。

そこで、この事件の概要を述べておこう。

茨城県取手市のJR取手駅西口で、十二月十七日朝、停車中の路線バス二台に相次いで乗り込んだ男に通学中の江戸川学園取手中・高校の生徒などが包丁で切りつけられるなどして負傷した。負傷者は一四人。このうち同学園の男女生徒が一二人であった。殺人未遂で逮捕されたのは、無職の斎藤勇太容疑者（二十七歳）である（『毎日新聞』二〇一〇年十二月十七日）。この事件では死者は出ていない。県警の取り調べでは、容疑者は当初は殺意を否定していたが後になって、人を殺すつもりで包丁を用意したと供述している（「MSN産経ニュース」2011/01/06 16:21）。彼は事件の数日前実家を出て、何日間か路上生活をしていた。事件の前日、彼は取手駅へ行ったが、その日は実行を断念した（「MSN産経ニュース」2010/12/22 01:30）。県警の取り調べでは、彼は自分の犯行を認め、「自分の人生を終わりにしたかった」と供述している（「時事ドットコム」2010/12/17 22:42）。彼は取手市内の県立高校の出身、物静かで孤独を好み、休憩時間には教室で独りで座り、夏目漱石や太宰治を読んでいた。将来の夢を問われると、小説家と書いている（「MSN産経ニュース」2010/12/17 22:38）。

元へ戻り、前章での論点を再現しよう。上記五事件の加害者の職業は下関駅通り魔事件の加害者を除き、すべてアルバイト、派遣労働者、無職のどれかである。新たに加わった取手バス襲撃事件の加害者も無職であった。彼らの中の一人は「今までさんざん、世の中で、通りすがりのやつらに、不愉快な思いをさせられて来た」と、弁護人宛手紙の中で書いている（池田小学校児童殺傷事件の加害者）。世間からさげすみの目で見られてきた、と解しうる表現である。彼らはまた、その種の視線を家族からも受けてきた、と想像される。彼らの職業的地位は成層化システムの下位に属するところから、安全（セキュリティ）の欲求と承認の欲求（他者に受け入れられ、人並みの人間として扱われたいという欲求）が満たされないという不満すなわち被阻害感（フラストレーション）に彼らはしばしば陥る。これが、成層化システムを産み出した社会への怨恨、そしてそれに伴う憎悪の一つの源泉となるのである。

社会への怨恨や憎悪をもたらすもう一つの源泉は、資本主義的生産様式による人間の労働からの疎外をさらに促進する官僚制的組織である。この官僚制的組織は労働をいっそう断片化し、断片をつなぎ合わせることで、生産の効率を高めることに貢献する。その効率が高まれば高まるほど、それだけ人間の労働からの疎外が強まる。この種の疎外を官僚制的組織による人間のモノ化と呼ぶことができよう。今日、いちじるしく厚みを増してきた非正規社員の置かれる環境は、このモノ化を代表している。請負という名のもとであれ、派遣という名のもとであれ、非正規雇用の労働者は固定した職場との恒久的な関係から切断され、次から次へとモノのように漂流することを余儀なくされる。人間をモノと化し、それを操作するだけではなく移動させる力は、究極においては資本の力であるが、この力が利用する官僚制的組織の力でもある。この種の官僚制的組織のもとでも、人は成層化システムへの所属の場合と同様、安全の欲求と承認の欲求とを阻害される。このフラストレーションが社会への怨恨と憎悪を引き起こす。

上記六事件の加害者のうち、非正規社員であったことが確認されたのは秋葉原通り魔事件の加害者だけであるけれども、彼らの多くがしばしば一時的にはたずさわったことのあるアルバイトも、非正規社員以上に不安定な職場である。したがって、このような職場もまた安全の欲求と承認の欲求とを阻害する環境であると言ってよかろう。

加害者がこれまでと同じように生き続けることが困難であると感じる時、そのような状況を作り出した何ものかへの怨恨が生じる。この何ものかへの加害攻撃が犯罪の動機の一つとされてきた。加害者は犯行に先立ってはみずからが被害者（債権者）であり、債権の回収（報復攻撃）は当然の権利だと感じている。怨恨による報復攻撃の宛先はふつうは特定の人物、たとえば雇い主あるいは上司、地域の有力者や隣人、配偶者やきょうだい、親や親族である。このように宛先が特定化されている場合がかつての怨恨動機の犯罪のほとんどすべてであった。もちろん、今日でもこのような犯罪は少なくない。しかし、この普通の怨恨に加えて、今日では、成層化システムや不安定な職場、いわば社会そのものと言ってよい非人格なものによって引き起こされた怨恨が広がりつつある。そして、この新しい種類の怨恨が報復の動機となるケースが時として発生するのだ。この場合は怨恨を引き起こしたものがいわば社会そのものというつかみどころのない存在なので、報復攻撃の対象が特定化できず、拡散する。そこから、不特定多数の人々が報復の対象としてたまたま選ばれるのである。もちろん、ある程度の特定化は行われている。特定化の基準は一つは内在的な(報復対象に親近性のある)もので、社会そのものの恩恵に浴していると見える人々(池田小学校児童殺傷の対象となったエリートの子弟、秋葉原通り魔の対象となった秋葉原の幸福そうな人々)である。もう一つの基準は外在的な(攻撃の効率がよい)もので、体力的に弱い人々(池田小学校の児童や取手バス襲撃事件の女生徒)[1]や一挙に多量に殺傷しやすい密集している人々(駅構内や駅付近にいる人々)である。しかし、これらの基準によって選択される対象の範囲は非常に広いので、報復攻撃の対象は不特定多数と言ってもよいのだ。

(1) 無力で無防備な人々が選ばれるのは、攻撃効率のよさに加え、彼/彼女らが対面者に対して「殺せない」という感覚を誘発しやすい(それは逆にナルシシスト的殺人者の「殺したい」という欲望を刺激する)ことにもよる。この点については、拙論「殺人禁止の掟とその効力」(本書所収、一八六頁)で指摘した。

Ⅲ　児童虐待

児童虐待を通り魔事件と同じカテゴリーに入れて扱うのは一見乱暴であるように思われる。しかし、児童虐待の多くの場合、もともと児童そのものを狙っているのではなく、他の対象に向かうはずの攻撃が、八つ当たり的に児童へ向かうという筆者の仮説が正しいとすれば、児童虐待を通り魔事件と同じカテゴリーに収めることが許されるだろう。怨恨によって動機づけられた報復が、その動機に相応する対象へ向かう場合（普通の報復）と不相応の対象へ向かう場合とに分けると、児童虐待の多くは、通り魔事件と同様後者に属するのである。

児童虐待とは、身体的虐待、心理的虐待、ネグレクト、性的虐待にわたっている。児童虐待の件数は児童相談所へ寄せられた相談件数によって知られる。相談ルートは家族、近隣、知人、福祉事務所である。児童の年齢は〇歳から高校生までとされている。

相談件数は一九九〇（平成二）年を起点として二〇〇八（平成二〇）年までの推移を見ると、その間上昇し続けている。すなわち一、一〇一件から四二、六六四件へ。特に九〇年代後半頃から増加率が上がり、一九九八年以降さらに急激な増加を辿っている（厚生労働省「社会福祉行政業務報告結果の概要（福祉行政報告例）」）。二〇〇〇—二〇〇八年のデータでは、虐待者のおよそ六三％が実母、二二％が実父である。それに実父以外の父親が続く（六％）（厚生労働省「児童相談所における児童虐待相談対応件数等」）。しかし、もっと限られた期間での局地的調査によれば、加害者は実母が最も多く（五七・一％）、継父母はそれよりはるかに少ないが（九・四％）、死に至るケースでは実母によるものは四五・二％、継父母によるものが二〇・二％であった。このことから継父母は実母に比して、虐待の加害者となることははるかに少ないが、いったん虐待を始めると、実母に比べて児童を死に至らしめるケースの割合は、実母のそれに比べるとはるかに大きいことが分かる（井上眞理子『ファミリー・バイオレンス――子ども虐待発生のメカニズム』晃洋書房、二〇〇五年、一〇八頁）。

児童虐待を引き起こすのは、ストレスと呼ばれる加害者の特定の心身状態であると言われている。ストレスの直接の引き金としては、たとえば子供の泣き声、用意した食べ物や飲み物の子供の拒絶、予期しなかった場所での子供の排泄行為といったものが挙げられる。これに対し、ストレスを発生させやすい状況もまた、児童虐待の間接的要因としてしばしば指摘されてきた。たとえば、配偶者などの手助けを欠く一人親家庭、夫婦の不和、経済的困難、親族や近隣からの孤立、など。この種の状況はストレスを引き起こしやすい要因であって、ストレッサー（stressor）と呼ばれることがある（同上書、九一頁）。ストレッサーがあっても、それがすぐにストレスと結びつくとは限らない。この結びつきを妨げるさまざまの要因があるからだ。たとえば、厚生労働省所管の児童相談所や民間の虐待防止ネットワークの機能である。後者の機能の中には施設に子供を預けている母親へのグループ・ケア、里親・親族を対象としたグループ・ケア、医師を専門家につないで相談を受け助言を行うシステム（東京都の場合）などが含まれている。

さてここで、ストレッサーの中で筆者が注目するのは経済的困難すなわち貧困である。なぜか。他のストレッサーとふつうみなされている要因、たとえば、一部繰り返しになるが虐待者の過去の被虐経験、虐待者の親たちから受けた温かさを欠く養育、配偶者との不和、配偶者の親たちから受けたよそよそしい待遇などは、確かにストレスをもたらしうる。だが、これらの要因に比べて、貧困はただそれだけで、他の要因がなくても、ストレスをもたらす可能性がより大きいからだ。というのは、貧困はいろいろの欲求に我慢を強いるという点でフラストレーションを招くからである。筆者がふつうストレッサーとみなされている要因の中でとりわけ貧困に注目するのは、以上の理由からである。

「子どもの虐待防止センター」が首都圏の児童一人以上を育てた母親を対象として行った訪問調査（サンプル数五〇〇）によると（「首都圏一般人口における児童虐待の調査報告書」一九九九年）、低所得層ほど虐待が多い傾向が見られる。世帯収入別の虐待発生率を見ると、年三〇〇万円未満の世帯では二五・〇％、三〇〇万円台二〇・〇％、五〇〇万円台一二・五％、以下さらに減少し、九〇〇万円以上では六・三％まで下がる。三〇〇万円未満の世帯は実数が四なので考慮の外に置くとしても、所得が低いほど虐待が多いことは明らかである（高橋

重宏編『子ども虐待』新版、有斐閣、二〇〇八年、七七―七九頁)。

虐待と貧困との関連については、やや古いが次の調査が参考になる。一九九三―一九九五年のデータにもとづき調査者が分類したところ、虐待の発生は貧困層が五二・五%、普通が三一・五%、裕福が二・六%となっている(岩井宣子・宮園久栄「児童虐待への一視点」『犯罪社会学研究』二二号、一九九六年、一五二頁)。

アメリカの場合、一九七五年に行われたある調査(一二、七六六件の虐待ケースを対象とする)にもとづき、子供虐待と貧困との相関は明らかだとする説がある。一方、それを否定し、中間層においてストレスが最も高いとする反論もあって、虐待の貧困との相関は定説となってはいない(井上『ファミリー・バイオレンス』九一頁)。しかし、一九七五年の調査結果は件数も多いので、それにもとづく説はいちおう有力であるとみなすことができよう。

虐待の貧困との相関を思わせる同種の事例をいくつか挙げておこう。一つは二〇〇九年春、関西ではよく知られるようになった大阪市西淀川区女児虐待死事件である。

十歳の女児の実母(三十四歳)と同居男性(三十八歳)とが、女児に対し三月中旬から四月五日まで虐待を毎日繰り返し、ベランダに放置して衰弱死に至らしめた。その虐待のすさまじさに死体遺棄も加わって、この事件は人々に強い衝撃を与えた。大阪地裁は二〇一〇年七月二十一日、母親に対して懲役八年六ヵ月、同居男性に対して懲役十二年の判決をそれぞれ言い渡した。この日、弁護側の情状証人として出廷した被告女性の父親は、当時の被告について、

「生活環境が苦しく、鬼の顔になっていた」と語っている（「MSN産経ニュース」2010/07/14 20:24）。

さらに最近の事件であるが、大阪市城東区在住の実母（二十六歳）と内縁の夫（二十歳）が男児を虐待死させたとして逮捕された。

二〇一一年三月三十日、二人は三歳の男児を両手首や両足首を粘着テープで巻いたうえポリ袋に入れて窒息死させた疑いがもたれている。男児は一度自力で抜け出したものの、再度縛られたうえ袋を密閉された。二人は男児がゲーム機など大事なものをゴミ箱に捨てるので、しつけのためにやった、殺すつもりはなかった、と言っている。実母はパート従業員、内縁の夫は無職である（『朝日新聞』大阪版、二〇一一年三月三十一日夕刊、四月一日、四月二日）。

これらの事例は共に加害者たちが経済的困難を思わせる状況に置かれていたことを示している。実母が同居している男性と共謀して虐待を行っている場合、児童をうとましく思っている男性に実母が迎合しようとして、あるいは男性が実母を独占しようとして虐待に及ぶという動機が付け加わっていることもありそうである。その推測を裏づける例を挙げておこう。継父ではないがアルバイト社員（二十七歳）が生後八ヵ月の長男を揺さぶって重傷を負わせ、起訴された。彼は「子供が生まれてから妻がかまってくれなくなったのでやった」と容疑を認めているという（『朝日新聞』大阪版、二〇一一年四月一日）。

しかし、児童虐待のすべてを「貧困」型のみによって代表させるわけにはゆかない。もう一つ、人がしばしば注目する型として、比較的に裕福な層においてさまざまの人間関係（その内面化を含む）がストレスとなる（虐待に直結するストレスに先立つと見ればストレッサーなのだが）型を挙げなければならない。この「人間関係」型の加害者は、比較的に裕福で、教育程度も高い実母によって代表される。この型においてストレスを引き起こすものは、たとえば、彼女の育児への夫の無関心やあるいは非協力、姑の彼女へのよそよそしさやあるいは孫の育て方への過度の干渉、近隣の母親たちからの（たとえば子供の遊び場での）疎外などといった、人間関係の壁である（武田京子『わが子をいじめてしまう母親たち』ミネルヴァ書房、一九九八年、保坂渉『虐待――沈黙を破った母親たち』岩波書店、二〇〇五年、参照）。

さらには、この「人間関係」型に加害者の理想自我へのかかわりを含めることができるだろう。その理想像とは、一方においては自分の能力を十分に表現しあるいは実現する自己像であり、他方においては子供の心身の成長を完璧に管理する母親像である。これらの理想自我の像を「人間関係」型に属するとみなすのは、これらの像に人が近づけば近づくほど、それだけ人は周囲から称賛され、承認の欲求を満たすことができると、その人によって信じられており、また実際にもそうであるからだ。理想の自己像と現状の自己とのあいだの距離を感じてストレスへと導かれる母親の例としては、かつてはOLとして、あるいは専門職業を通して職業活動を行っており、結婚を機にそれから退いた場合が挙げられる。この種の理想像は自己実現に価値を置く近代の個人主義の文化にもとづいて打ち立てられた像であると言える。一方、理想の母親像の実現は個人主義の文化と一見対立するように見える。確かに、子供を完璧に養育することは自己中心的ではなくその逆の他者中心的行動である。とりわけ日本の社会では、今日でも家族内の役割分担に関し、母親の分担分は西洋社会に比べて相対的に大きい。そこで、日本の若い母親は子供の養育にいわば献身する母親像に近づきたいと願いながらそうでない現状に苛立つ可能性は十分にある。二つの理想像、「自己実現」する像と「育児に献身」する像とは自己中心性と他者中心性という点で相互に対立するから、両方を追求しようとする主体は二つの方向に引き裂かれる。そのためこの対立もストレスとなると考えられる。しかし、「自己実現」と「育児に献身」とは相互に対立する面をもつだけではない。二つの理想像の追求の仕方が完全主義的であるならば、その点では二つの追求は共に個人主義的な業績達成の様相を示す。つまり、両者は内容的には対立するとしても、形式的には共通性をもっているのだ。この共通性を動機づけの平面で言い表すなら、二つの追求は共に周囲から承認されたいという欲求によって動かされていると言える。もっと立ち入って言うなら、達成の欲求が強ければ強いほど、それだけ承認の欲求も強まるという共通性をもっているのだ。

個人主義という文化的環境に着目すると、先に挙げた夫、姑、近隣などとの人間関係にまつわるストレスは、この環境のもとで起こりやすいということを認めざるをえないだろう。そのもとで成長した加害者の主婦たちは、そうでない環境のもとで成長した主婦たち（たとえば古い世代の）に比べると、達成の欲求の阻害やそれに伴う承認の欲求の阻害に関して相対的に敏感に反応する傾向がある。伝統的な文化の環境の見地から見ると、近頃の主婦たちは辛抱が足らず、我がままで、苛立ちやすい。しかしもちろん、これをもって彼女たちが非難に値するということにはならない。彼女たちの上述の敏感さを培ったのは近代の個人主義であり、それは伝統の拘束から人間を解放したというメリットのゆえにもはや揺るぎのない正当性をもっているからだ。彼女たちがこうむるストレスの根は、E・デュルケームが命名したエゴイスム的自殺の根と同じなのである。

ここでひとこと、「人間関係」型の傾向を「貧困」型のそれとの比較において先にふれた特徴を、もう一度指摘しておきたい。「人間関係」型においては実母独りが加害者である傾向が見られ、また虐待があっても虐待死には至らないようである。

最後に、「貧困」型と「人間関係」型とは相互に異なった特徴をもつにもかかわらず、共通の面ももっていることを確認しておかなければならない。それは二つの型は共に承認の欲求の阻害というストレッサーを抱えている点である。「貧困」型における阻害の壁と「人間関係」型におけるそれとはそれぞれの特殊性をもつ。しかし、両方は承認の欲求という共通の欲求の阻害という壁にぶつかっているのだ。そして、このフラストレーションを解消するために、無力な子供が八つ当たりの対象に選ばれているのである。

どちらの型に属していても、八つ当たりの対象が選ばれるのは、加害者を苦しめているものが何かが彼／彼女らにとってはっきりしないからだ。債務者は特定できないものの、債権は行使されなければならない。この点で児童虐待は通り魔事件に似ている。彼／彼女らにフラストレーションを課しているのは、究極においては社会そのものであるとしか言えないものだ。だが、社会そのものは今日では非人格的な機構をつうじて運営されているので、イデオロギーや反抗を組織化するリーダーが介入しない限り、目に見える形をとって彼／彼女らの前に姿を現すことはない。そのために報復対象は特定化されることなく、乱反射的に当を得ない対象が照らし出されるのである。

Ⅳ　集合行動の一例

最後に、個人行動から集合行動へと視野を広げてみよう。個人行動との比較において集合行動を問題にするとなると、個人行動がそうであるように一回限りか、あるいは少数回生じるにとどまる集合行動を対象にする必要がある。革命や内戦は長期間にわたる多数の集合行動を含むので、比較の対象には入らない。しかしもちろん、これらは短期間で終わる集合行動と関連があるという意味で、長期間にわたるそれにもふれることになるだろう。

集合行動においても、怨恨と憎悪によって動機づけられた報復は、その動機に相応する対象へ向かう場合とそうでない場合がある。不相応の対象へ向かう事例として、二〇〇五年秋に起こったパリ郊外での若者たちの暴動を挙げることができる。最初のきっかけは警察が郊外で二人の若者を死に至らしめた（十月二十七日）という噂である。若者の死に警察が直接かかり合った事実はなかったにもかかわらず（事実であったという説もある）、この噂は急速に広がった。それは原始的な「我々・対・彼ら」のシナリオを喚起するのに十分であった。この暴動はマス・メディアの報道に助けられ、数日のあいだにフランスの諸都市にも広がった。暴動の担い手はイスラム・アラブ系とキリスト教・アフリカ系の移民の子孫である若い男性たちである。

『リベラシオン』紙上のある論評によれば、フランスの公衆が自分の国の一部の都市において毎夜約九〇台の車が放火されたことに気づいたのは、ようやく十一月に入ってからの暴動の情報をつうじてであった。二〇〇五年のあいだだけで九、〇〇〇台以上の車が焼かれていたと言われるが、そのうち約二、八〇〇台はパリ郊外での暴動とそれの地方での模倣においてであった。放火のピークは十一月七日の夜であった。その夜一、四〇〇台以上の車がフランス全土にわたって焼かれた。また、二〇〇五年の統計によれば、十一月までに車のガレージのコンテナで一七、五〇〇件の放火があり、公衆電話のボックスやバスの停留所に対し、ほとんど六、〇〇〇件の破壊行為があった（P. Sloterdijk, *Rage and Time: A Psychopolitical Investigation*, trans. by M. Wenning, Columbia Univ. Press, 2010, pp.207-208）。

別のリポートによると、彼らはすでにあらゆるものを破壊してきた。メール・ボックス、ドア、エスカレーター。彼らは彼らの弟や妹を無償で治療してくれる総合病院を破壊し、略奪した。彼らはいかなるルールも認めない。彼らは医療や歯科のクリニックを粉々に打ち砕き、彼らの学校を破壊する（*ibid.*, p.210）。

慢性の失業状態にあった彼らは、警察に仲間二人が殺されたという情報に接し、自分たちがこの社会の余計者であるという意識に突然見舞われた。したがって、彼らの暴発は承認の欲求の阻害からきていることは確かである。しかし、彼らの噴出する暗いエネルギーを収拾し変容するいかなる政党も現れなかった。彼らを政治的に統合する意図は全くなく、妥協なしに排除すべきゴミとして処理するという、当時の国務大臣サルコジの宣言に対し、有力な反対は政党の側から唱えられることはなかった（*ibid.*, p.207 参照）。

P・スローターダイクやS・ジジェクが指摘しているように、パリ郊外のこの暴動の中に何か隠された意味やメッセージを見つけることは不可能だ。それは耐え難いフラストレーションの重圧から逃れようとする暴発（J・ラカンの言うアクティング・アウト）であり、何ら目的性をもたない。この暴動はいかなる社会的・経済的抗議にも、ましてやイスラム教原理主義の肯定にももとづいていなかった。モスクは最初に焼き討ちされる場所の一つであった。だから、ムスリムの宗教団体はすぐに暴動を非難したのである。抗議者たちの暴力は、ほぼ例外なく自分たちの財産に向けられていた。燃やされた車、放火された学校は、近隣に住む金持ちの車や学校ではなかった。襲われたのは、抗議者たちが苦労して手に入れたものであった（ジジエク『暴力――六つの斜めからの省察』中山徹訳、青土社、二〇一〇年、一〇〇―一〇一頁)。

暴動は、移民ではあるがやはりフランス市民である自分たちがここにいるということをフランスの普通の市民に見せつけようとしただけなのだ。移民たちは形のうえではフランス市民でありながら実際にはフランスの政治的・社会的空間から閉め出されていた。それゆえ、彼らは自分たちの存在を目に見えるようにしたのである。抗議者たちは閉鎖的な宗教的・民族的コミュニティの一員としての地位を要求していたのではない。評論家たちはこの点を見逃した。逆に、抗議者たちが訴えたかったのは、自分たちがほかならぬフランス市民であるということなのだ(同上書、一〇一頁)。

以上で述べたところから、抗議者たちの報復の対象が手近にある自分たちの財産であったのはなぜかが理解できる。彼らには報復の動機づけに相応する対象が見つからなかったので、ただ手近にあるという理由だけで自分たちの財産を破壊したのである。この乱反射的な八つ当たりのパタンは、通り魔や児童虐待者の場合と共通している。闇雲の債権回収行為としての暴発である。では、なぜ相応する対象が見つからなかったのか。もし、抗議者たちがみずからの宗教的・民族的アイデンティティをおびやかすフランス社会のドミナントな勢力(政治権力はそれにもとづいている)に対抗し、このアイデンティティを固守しようとしていたのであれば、彼らは報復の対象を明確に定めることができたことだろう。すなわち、彼らはドミナントな勢力や政治権力を象徴する事物に攻撃の対象をしぼったことだろう。この場合には報復の動機づけがそれに相応する対象を見いだしたことになる。しかし、彼らの宗教的・民族的アイデンティティは、それの固守を担い手に要求するほど強いものではなかった。また、彼らは形式的にはフランス市民として普遍主義の内部に編入されているので、この普遍主義を攻撃の的として設定するわけにはゆかなかったのだ。ところが、この普遍主義の枠内には経済的繁栄を享受している「原住民」とそれの享受を拒まれている貧しい移民とがいる。もちろん、この貧しさはその日暮らしに困るほど絶対的なものではないから、繁栄している「原住民」の財産を略奪する暴力の引き金とはならなかった。にもかかわらず、「原住民」と彼らとのあいだには目に見えない壁があった。この見えにくさこそ、彼らの暴動が乱反射的八つ当たり的にならざるをえなかった理由である。

以上で述べたパリ郊外の暴動を、報復の動機づけに相応する対象へ向かう他の集合行動と比較するなら、それの特徴は明らかである。たとえば、最近チュニジア、エジプト、リビアなどで起こったデモや反乱は、どれも攻撃目標として敵をはっきり特定している。その敵は、あるいは政府や治安機関の要職を独占している少数宗派（スンニ派）であったり、あるいは若者に雇用の機会を十分に与えず、私腹を肥やしてきた大統領一族であったり、あるいは強権により反体制派を弾圧してきた独裁者であったりするが、その敵はどれも抗議者たちの幸福に生きる権利を不当に剥奪している支配層である。中東の各所で起こったこれらのデモや反乱とパリ郊外の暴動とのあいだに共通点を求めるとすれば、それは抗議者たちが主として若者であり、そして彼らの失業に伴う不安定状態であろう。中東のイスラム教のもとでは避妊は避けられ、一定の経済成長により乳幼児の死亡率が低下したため、若者の人口は増大する一方、それと共に雇用の機会が不十分にしか与えられなくなった。こうした若者たちの不満は、他の面では異なった条件のもとで発生したパリ郊外の若者たちの不満と、同じ世代の不満である点では共通しているのである。だが攻撃対象を特定化している点で、中東の若者たちの反乱は革命的正統派的である。

V　憤怒のゆくえ

最後に、これまで述べてきた対象拡散の報復に関する議論の展開として、関連する問題をごく簡単に提起しておきたい。

(1) 対象の拡散

通り魔事件や児童虐待に見られる対象の拡散はデュルケーム学派の言う責任の拡散と類似している。この学派によれば、責任を負うべき報復の対象は被害の程度に従って拡散度を高める。高度に拡散する場合、古くは無機物（たとえば人の像）も対象となった。しかし、しだいに意志をもたないことが明らかになった物は対象から外されるに至った。責任はまた被害の大きさに従って加害者個人から家族やコミュニティにまで広がる。集団責任制度がそれである。通り魔犯罪や児童虐待における報復はこの古制的《アルカイック》な制裁を思わせる。ただし、これら二つは近代の限定的な責任の制度を知ったうえでの拡散的追求だから、古制的と言うよりも擬似原初的と言うべきであろう。それは古制的よりももっと恣意的である。

(2) 憎悪の感染

親に虐待された子供が成長して親になった時、自分がそうされたように子供を虐待することがある。この被虐待と虐待との結びつきがどれくらいの頻度かを数量的に示した調査を筆者は知らないが、その結びつきを経験したと語る親たちの報告は少なくない。この結びつきの中に筆者は憎悪の感染を見る。その感染は個人的で継時的である。

日本の軍隊においても類似のパタンがあった。古兵や下士官に虐待された初年兵が古兵や下士官になった時、彼らはしばしば初年兵を虐待した。この種の憎悪の感染は、自衛隊の一部にも起こっているし（いじめで自殺した隊員がいる）、相撲部屋の一部や学校のスポーツ・クラブの一部にも見られる。これらの場合、憎悪の感染は集合的で継時的である。

憎悪の集合的感染が同時系列で起こると、大衆運動が発生する。パリ郊外の暴動のきっかけになったのは、警察に仲間が殺されたという情報を聞いた若者たちの憎悪であり、これが増幅されて大衆運動となった。チュニジアやエジプトのデモや反乱のきっかけとなったのは、若者が権力によって自殺に追い込まれたり、虐殺されたりした事実であった。この感染の媒体はマス・メディアであり、最近では特にネット・メディアである。その感染は流言の拡散に似ている。

一方、継時系列の憎悪の集合的感染は革命運動の生起にとって不可欠であった。これはスローターダイクのテーマである。彼は憎悪の源泉である憤怒の継時的な（何世代にわたって続く）蓄積を資本の蓄積にたとえる。こうして憤怒銀行が設立される。それを管理する指導者が、蓄積された自然発生的な個人ごとの憤怒を収集し、それを目的意識的に特定の方向へと放出するのが革命運動なのである。この点についてはなお多くの解説が必要だが、それは本稿の射程を越えるので、これをもって本稿を閉じることにしたい。

あとがき

本書は思想関係の同人誌『Becoming』に掲載された拙論の中から、題名にふさわしい六編を選び、新たに付した「序論」と共に構成されている。論考の選定は白水社編集部の竹園公一朗氏と著者との相談のうえで行われた。なお、旧稿に関しては多少の変更を加えた。元の掲載号は以下の通り。

「夢野久作——現実界の探偵」第二一号、二〇〇八年三月
「島尾敏雄——不安の文学」第一七号、二〇〇六年三月
「武田泰淳——他者との遭遇」第一九号、二〇〇七年三月
「殺人禁止の掟とその効力」第二三号、二〇〇九年三月
「不特定多数を狙う犯罪」第二四号、二〇〇九年九月
「対象不特定の報復」第二八号、二〇一一年九月
（『Becoming』は年二回刊行、発行者は新堂粧子、発行所はＢＣ出版　六〇六－〇九三一京都市左京区松ヶ崎井出ヶ海道町三－一。URL http://homepage3.nifty.com/BC/）

一九九八年三月創刊の同誌は十五年目に入った。執筆者、読者の皆様にこの場を借りて御礼申し上げる。なお、本書の校正は竹園氏と共に新堂氏のお手数をかけたが、新堂氏には旧稿の変更に関してもお助けをいただいた。本書の実現にご尽力をくださった両氏にこころから謝意を表したい。

二〇一二年一月三十一日

著　者

著者略歴

作田啓一（さくた・けいいち）

一九二二年生まれ。京都大学文学部哲学科（社会学専攻）卒業。現在、京都大学名誉教授。戦争責任の論理を追った『恥の文化再考』（筑摩書房、一九六七年）で脚光を浴びる一方、人間の行動を価値の次元でとらえた『価値の社会学』（岩波書店、一九七二年、岩波モダンクラシックス、二〇〇一年）で戦後社会学の方向を決定付けた。その後、『ルソー　市民と個人』（人文書院、一九八〇年、白水uブックス、二〇一〇年）、『個人主義の運命――近代小説と社会学』（岩波新書、一九八一年）で文芸社会学を提唱するとともに、近年は『Becoming』誌を舞台に酒鬼薔薇事件など凄惨な犯罪に現れた「非合理的な動機」を探究、『生の欲動――神経症から倒錯へ』（みすず書房、二〇〇三年）に結実している。

現実界の探偵
文学と犯罪

二〇一二年二月一五日　印刷
二〇一二年三月五日　発行

著　者 ©　作田啓一
発行者　及川直志
印刷所　株式会社三陽社
発行所　株式会社白水社

東京都千代田区神田小川町三の二四
電話　営業部〇三（三二九一）七八一一
　　　編集部〇三（三二九一）七八二一
振替　〇〇一九〇-五-三三二二八
郵便番号　一〇一-〇〇五二
http://www.hakusuisha.co.jp

乱丁・落丁本は、送料小社負担にてお取り替えいたします。

加瀬製本

ISBN978-4-560-08185-3

Printed in Japan